U0028754

果然我的
青春戀愛喜
搞錯了。⑬
My youth romantic co
wrong as I expected.
渡 航【Wataru WAT
繪者／ponkan⑧
日本小學館正式授權繁體中文版

果然我的青春戀愛喜劇搞錯了

My youth romantic comedy is wrong as I expected.

登場人物【character】

比企谷八幡………本書主角。高中二年級，性格相當彆扭。

雪之下雪乃………侍奉社社長，完美主義者。

由比濱結衣………八幡的同班同學，總是看人臉色過日子。

戶塚彩加…………隸屬網球社，非常可愛的男孩子。

川崎沙希…………八幡的同班同學，有點像不良少女。

葉山隼人…………八幡的同班同學，非常受歡迎，隸屬足球社。

三浦優美子………八幡的同班同學，地位居於女生中的頂點。

海老名姬菜………八幡的同班同學，隸屬三浦集團，是個腐女。

一色伊呂波………足球社的經理，高中一年級。當選為學生會長。

材木座義輝………御宅族，夢想成為輕小說作家。

折本佳織…………八幡的國中同學。目前就讀海濱幕張綜合高中。

平塚靜……………國文老師，亦身為導師。

雪之下陽乃………雪乃的姐姐，大學生。

比企谷小町………八幡的妹妹，國中三年級。

design:numata rina

Interlude

無數次。

無數次地回過頭。

隨著距離拉開、時間經過。

來到無法回頭的遠處。

我才終於回頭去思考，什麼是正確的。

明知道這麼做是不對的，還是想要說服自己，只有這個答案一樣。

無數次。

無數次地回過頭。

在泛起白光的黎明。

在雨露滴落的午後。

在細雪紛飛的黃昏。

在月色朦朧的夜半。

無論何時，必須給出答案的場所與機會都存在於此，每次我都試圖找到最適當的解答。

然而，我從來沒有試著給出正解。

恐怕，大概，一定。

這樣是最好的。

選擇了模稜兩可、雖不中亦不遠矣的灰色選項。

若即若離，不傷到任何人，正確與否及真偽都不確定。

不是說不出想講的話，而是連自己想說什麼都不明白。

這樣子的我，有資格開口說什麼嗎？

所以，至少。

希望這次可以走在正確的道路上。

我不想包容失敗、過錯。

因為，已經不能再犯錯了。

1 感慨地，平塚靜回憶往昔。

無數次，無數次地回過頭。

可是，我不會停下腳步。

任憑心臟劇烈跳動，放著紊亂的呼吸不管，流下來的汗水也不擦。不這麼做的話，總覺得我會拿微不足道的小事當藉口停下。只有視線因為放不下而轉向後方，更顯得我這個人有多差勁。

離開前看見的一滴淚珠，在腦海縈繞不去。

馬路上殘留著今天早上下雨的痕跡，狀似滑過臉頰的淚痕。奔跑的雙腳為了避開積水，踩著不自然的笨拙步伐，每走一步都差點踏上回頭路。

但是就算回去，我又能做什麼？該說什麼才好？

不對，我知道標準答案存在我心中。只不過，我不能選擇那個選項，不能這麼做。

即使那是世人眼中的標準答案，我也不覺得那是我的——我們的答案。

太陽緩緩落下，晚霞逐漸轉為深紅色。

路上的家家戶戶、公寓、集合住宅、購物中心的影子拉長。他們遲早會和盤踞在西方的夕陽合而為一。我不停奔跑，以免被吞噬掉。

腦袋持續空轉，與向前方跑去的腳成對比。

我思考著那滴眼淚的意義，思考得太認真，絞盡腦汁想出好幾個理由，最後卻無法選出答案，只是將其擱置在腦中。

我一直都是這麼做。

直直延伸的道路通往海邊。

迎面吹來的風很冷，從外套與圍巾的縫隙間鑽進來。冷空氣刺在發熱的臉頰上，讓人切實感受到臉頰正逐漸僵硬。

空氣中還帶著寒意，額頭卻冒出汗水。就算拿掉脖子上的圍巾，身體某處依然一直被緊緊勒住。

我將卡在胸口的情緒，連同紊亂的氣息吐出。

明明喘成這樣，心急如焚，在跑過兩個公車站時，速度卻開始減慢，彷彿心中還有牽掛。

我趁等紅燈的空檔，把手撐在膝蓋上，深深吐氣。

明明逃了那麼久，在停下腳步的瞬間又立刻被追上。
淚水的意義、話語的價值統統在質問我，統統在責備我。
我相信，我一定又做錯了。
我瞪著正前方，那裡有個八成是忘記換掉的老舊行人用紅綠燈。
如同不健康的血液的暗紅色，突然消失。
又得繼續奔跑了。
我用力吐出不是「唉」也不是「哎」，近似慟哭的一口氣，起身踏出一步。
告知行人可以前進的燈號，是暗沉的綠色。

× × ×

嘹亮的社團活動吆喝聲、金屬球棒的敲擊聲、只聽得見低音的上低音號、腳踏車尖銳的煞車聲、隨風發出震動聲的鐵皮屋頂。
周圍充斥放學後的聲音。
然而，最接近的是我自己的喘氣聲。我硬將它吞回去，靜靜吐出細碎的氣息。
走進校舍，外面的聲音瞬間變小，有如進入另一個世界。冰冷的空氣默默搖盪，理應在呼吸的學校的聲音，彷彿在碰到那層薄膜的同時，就被吸了進去。
不曉得從什麼時候開始，走廊上的螢光燈只會兩邊交錯著各開一盞，因此越接近晚上，校內自然就越暗。在昏暗的燈光下，我每走一步，心情便更加沉重。或者說，開始冷靜下來。

冷卻的大腦裡，浮現以悲傷的聲音說出的溫柔話語。

接到那通電話後，一路狂奔到這裡，在這段期間，思緒也依然在腦海打轉。說出口的事，以及沒說出口的事。

應該要給予一個明確形體的事物，仍舊模糊不清。直接蓋上蓋子，問不出口的那件事卻再清楚不過，根本用不著確認。

就是因為這樣，才無法判斷我說出口的話有多少價值。即使如此，平塚老師還是刻意逼我講明白，肯定是因為這是最後了。

我感受著遲早會到來的離別正逐漸接近，抬頭望向窗外染上暮色的天空。

通往教職員辦公室的走廊上空無一人，鴉雀無聲。

我也已經調整好呼吸，只聽得見腳步與心跳聲。兩者都按照同樣的節奏響起，隨著與門口的距離拉近，其中一方卻開始變慢，另一方則突然加快。

我脫下外套，跟抱在懷裡的圍巾一起揉成團。站在門前，伸出來準備敲門的手瞬間退縮。

看來我在害怕。我有所自覺，嘆出參雜自嘲的一口氣。

可是，我不能一直杵在這裡。

那個人。

平塚老師總有一天會從我的面前離開。

我完全沒察覺到，所以到頭來，什麼都沒辦法讓她看見。

只不過，不能讓她看見我的狼狽樣。唯有這一點我很清楚。

最後，我又深深吐出一口氣，不再猶豫。重新伸出手，敲響房門，立刻握住門把。

數名教師在教職員辦公室裡快步走動，大概是因為年末比較忙。我的視線自然而然落到某一點上。

每次進到教職員辦公室，我總是最先往那個位置看去。

平塚老師坐在那裡。

美麗的身影背對門口，對著桌面工作，可能是在整理文件。

挺直的背脊、不時搖晃的黑色長髮、為了避免肌肉僵硬，偶爾會轉動幾下的纖細肩膀。

或許是因為不常看見吧，她認真工作的模樣怎麼看都看不膩。再加上我不好意思打擾她，不敢開口。不對，這句話裡參雜了一些謊言。不如說，大部分是謊言。

單純是因為我捨不得讓這段時間——至今從未改變過的時間結束，才沒有出聲。

事到如今，我才意識到，失去一個人，代表眼中的光景，連極其理所當然的景色，都會跟著逐漸消失。

因此，為了看久一點，我沒有發出腳步聲，躡手躡腳地慢慢接近。同時間，我也想著自己平常都是怎麼開口的。

然而，在我開口前，對方先說話了。

「不好意思，可不可以等我一下？」

她用不著確認，就知道來的人是我。平塚老師頭也不回，直接指向辦公室的後方。那裡是會客室，我們總是在那邊談事情。

平塚老師冷靜的語氣跟平常差異不大。教師與學生的距離、大人與小孩的境界確實存在於此。

所以，我的回應也只有短短一個字。

「好。」

「嗯。」

她回答的時候依然看著手邊，相當簡潔地結束這段無意義的對話。

除此之外沒什麼好說的，我走向殘留些許煙味，用隔板隔出的區域。

我輕輕將懷裡的外套及圍巾放到一旁，跟平常一樣，坐在皮沙發上。我剛好坐在正中央，使用多年的彈簧發出吱嘎聲。

那個味道與聲音，撫過我的記憶。

決定辦舞會前，我碰巧來拿從未碰過的社辦鑰匙的那一天。那個時候，我也是在會客室跟平塚老師談話。如今我在想，離開前，平塚老師叫住我時露出的表情，是否該稱為寂寥？

溫柔卻憂傷，我第一次看見平塚老師露出那種眼神。

平塚老師當時想跟我說的，八成是離職的事。搞不好從更久之前開始，就想告訴我了。我並非全無頭緒。

可是，那時我想都沒想過她要離職。

再說，不知道她的任職年數，也沒特別把公立高中的離職機制放在心上的我，根本不可能猜到。所以，事到如今才後悔也沒意義。

畢竟，從小學到國中這段將近十年的時間，我都過著跟老師不熟的學校生活。哎，要說怨言當然有一兩句……不，仔細想想有五、六句。但我也長大了，事到如今，過去發生的事並不重要，只有「死都不會原諒」如此簡單的感想。我的怨言是不是挺多的啊？

所以，稱為恩師也不為過的人要從眼前離開，對我來說恐怕是第一次。

我到現在都還沒有對此產生實感，有種置身事外的感覺。不如說，是在盡量維持客觀的立場。我知道自己在藉此保持平靜。這麼說來，「平靜」這個詞有種異常的平塚靜感。我在內心講無聊的冷笑話，只在口中笑出聲來。

坐在沙發上動都不動，默默等待。

由於隔板的關係，我看不見平塚老師在做什麼。隔絕的空間裡充滿沉悶的靜謐，我有點焦慮。

不過，多虧教職員不時發出的聲音，以及吵死人的電話聲，讓我知道時間確實在流逝，雖然速度很慢。窗外的天空也變得比剛才還暗。

正當我呆呆看著窗外時，突然傳來「叩」的一聲。

轉頭一看，是平塚老師在敲薄薄的隔板。

「抱歉，讓你久等了。」

「啊，不會……」

不曉得是不是錯覺，她的微笑看似有點寂寞，害我開不了口抱怨「對啊，我等了好久」，也說不出玩笑話。如果能講點好聽的場面話就好了，可惜氣氛並不適合。

辦公室內到處都是聲響，平塚老師散發出的氛圍卻像固體一樣凝結，彷彿能遮蔽雜音。連坐到我對面的時候，都只有發出沙發凹陷的聲音。

「好了，要從何說起呢……」

她嘴上這麼說，卻就此陷入沉默。取而代之的是將手中的甜膩罐裝咖啡放到矮桌上，往我這邊推。

但我不怎麼渴，便輕輕搖頭婉拒。接著，平塚老師又把另一隻手中的黑咖啡推過來。

她都做到這個地步了，總不能不收下。我勉為其難地拿起熟悉的罐裝咖啡，點頭致謝。

咖啡罐冰冰涼涼，似乎是從冰箱拿出來的。一拿起來，水珠就沿著肌膚滴落。

我握緊罐子以幫它加溫，等待平塚老師開口。

不過，傳入耳中的並非言語，而是規律的叩叩聲。

平塚老師用手指夾住香菸，像要整理思緒，抑或是要等待時機開口般，濾嘴朝下，輕輕敲著桌子。我知道那個動作是為了讓菸草集中。但在這個瞬間，總覺得那根菸裡好像填進了其他東西。

不久後，平塚老師點燃香菸。

煙霧繚繞，散發強烈的焦油味。

我的身邊幾乎沒有抽菸的人，所以總有一天，我將再也聞不到這個味道。然後，每當聞到這股味道，我都會想起這個人吧。直到忘記的那天到來。

為了掩飾這個瞬間掠過腦海的想法，我先一步開口。

「首先是舞會的問題……嗎？」

我本來就是為了這件事才回學校，但卻講得一副還有其他問題的樣子。

平塚老師應該也有發現，卻沒有指出來，只點了一下頭。

「這個嘛……」

她稍微停頓，吐出一口短煙，用菸灰缸捻熄還剩很長一段的香菸。等火熄滅後，白色菸灰與褐色菸草一同染成黑色。我盯著菸灰缸裡面的東西，平塚老師打破沉默，輕聲嘆息。

「從結論來說，校方在考慮停辦舞會。」

「考慮……嗎？」

「嗯，雖然還沒下最後的決定，校方的態度恐怕不會改變太多。因此，主辦方必須自律。」

平塚老師語氣平淡，或許是為了避免夾雜多餘的情緒。她的說法彷彿在敘述無法改變的事實，使我忍不住插嘴。

「自律……實際上就是要停辦吧，只不過換個說法罷了。」

平塚老師困擾地搔搔臉頰，移開視線。

「校方……還有家長的立場也很尷尬。畢竟先前已經答應過了，不能不容分說就宣布停辦……所以，才委婉地要求學生自律。」

她的目光移回我身上。

「可是之前……」

「嗯。」

平塚老師皺著眉頭。看見她的表情，我發現這句話講出來也沒什麼意義。這個問題應該已經和雪之下她們討論過。所以，我該問的是其他事。

「老師個人的意見和校方的意見有出入。對吧？」

「沒錯。我認為應該繼續協商，以得到反對方的諒解。校方在考慮時，我也跟他們建議過。但是……」

雖然平塚老師只講一半，我也大概猜到她之後要說的話。

幾天前，部分家長在社群網站上看見彩排場的照片，為此感到擔憂。雪之下的母親代表——或者說代替這些人，以家長會理事的身分來到學校，建議校方停辦舞會。

她舉出在舞會發源地的國外都發生過飲酒、不純異性交往等問題當佐證，傳達反對的意見。

恐怕在那個時候，校方就已經決定要停辦。

「……哎，人家親自殺過來抗議，當然會叫學生自律囉。」

「是啊。一旦超出我的管轄範圍，下面的人說的話只會被當成參考。這就是社會人士的悲哀。」

老師自嘲地笑道。我聳聳肩膀，點了兩三下頭回應。

說得沒錯。不只老師，包括我在內的畢業生、在校生等下面的人也一樣，意見不會被採納。

然後，經過諸多考量，上頭逼弱者收起武器，在不引起任何風波的情況下，讓這件事落幕。

「自律」一詞用得真是太好了。我打從心底這麼覺得。

「工作果然爛透了。」

「沒這回事。只要爬得到上面，可是很愉快的喔。能為所欲為。」

我們像在說笑般，露出參雜諷刺的戲謔笑容。不如說，現在也只能笑了。這句在諷刺社會的玩笑話，某種意義上來說很中肯。因為事實上，身為下位者的我們就在接受上位者的為所欲為。

雪之下的母親在這件事中，以某種權力者、權威者的身分立於高位。這麼了不起的人親自來學校，還要跟高層對談。

她的行為，只要有明顯的動作，無論討論什麼內容，都勢必讓問題浮上檯面。先不管她的真意為何，其他人看得見的，就只有「她採取了行動」這件事。就算雪之下的母親只是單純找校方高層「商量」、「問候」，勞煩有這等地位、能力的人特地前來，也會造成一種壓力，足以讓人揣測其用意。

例如，大人物即使只是喝茶聊天，在外人看不見的密室裡交談，自然就會讓人東猜西想，揣測對方的意圖。

實際上，我們在日常生活中也一直是這麼做的。「拜託你看一下氣氛好不好」這句話就是最好的例子。藉由不確實的情報猜想沒有講明的用意，甚至將其視為美德。察言觀色，揣測對方的想法，是和平又封閉的調整方法。尤其在學校、鄰里、職場等某種意義上的封閉交流圈，這個高語境的交涉技巧甚至是必備的。

我說，這個社會為何一直逼人察言觀色啊？要由男生主動問女生的聯絡方式，要由男生主動約女生出去玩，在第三次約會時醞釀出對方可以跟自己告白的氣氛……這是哪來的蹲牆角凱爾（註1）？對手是桑吉的話，根本無計可施耶？不對，

註1　遊戲《快打旋風》中的角色凱爾的戰術。蹲在原地集氣，可視對手採取的行動發動不同招式迎擊，為犯規戰術之一。下文之桑吉同樣為《快打旋風》中的角色。

就算不是桑吉也很難對付。連朋友圈裡都有這種自己的規則。一旦有人開始說「那傢伙是不是跟我們不太合拍」或「他人是不壞啦」，就會為羽生善治（註2）等級的猜測大賽揭開序幕，不知不覺營造出要排擠某人的氣氛。若不能在這場猜測大賽中胡牌，不是桑吉（註3）不是炸雞而是會被做成烤雞（註4）付出代價。

不同的小圈子都有不同的規則。我們必須仔細觀察這些細微的暗號，配合大家，巧妙地融入群體。像我自己正因為無法融入群體，從幼稚園、小學、國中、高中、社團活動，到補習班、打工的地方都遭到排擠，贏得被排擠七冠王的殊榮。未來進入大學也還有機會，所以八冠王並不是夢想！跟將棋一樣呢。

我這個人察言觀色的技巧可是受到肯定的。先不論我有沒有在看氣氛，我很清楚察言觀色的重要性。

因此，我對校方的做法沒有意見。要給這種解決方式貼上「不知變通」的標籤是很簡單，不過，自己變成當事人的話，我也會做出同樣的判斷。因為，特地違背其他人的意見很麻煩嘛！

「……原來如此。」

我仰頭看著天花板，發出參雜理解與失落的聲音。大概是我的疲憊表現在臉

註2　日本將棋史上第一個達成七冠王的將棋棋士。

註3　北海道稱呼炸雞為ZANGI，音同桑吉。

註4　日本麻將規則。在半莊中一局都沒胡牌的人會被扣除點數。

上，平塚老師將碰都沒碰過的咖啡推給我。我低頭道謝，感激地收下。

我拉開拉環，同時整理思緒。

照目前的狀況，要推翻校方的決策，恐怕是不可能的。

一個問題只要不被視為問題，就構不成問題。然而，在成為問題的瞬間，最簡單的做法就是乖乖聽上頭的話，把麻煩事處理掉。

被人罵輕率或不適當的話，裝個樣子道歉「嘖，囉嗦死了，我在反省了啦」，營造出在自律的氣氛，保持低調到他們忘記這件事，才是正確答案。沒辦法嘛，現在這個時代很難生存的。「政治正確棒」這個寶具太強了。之後連「文字狩獵」（註5）一詞是不是都會被人罵在歧視狩獵民族而被文字狩獵掉？我猜的啦。

不管怎樣，目前的問題不在別人覺得我們有問題，或要求我們改善。有意見的人提出改善點的情況並不罕見。社會很可能因此轉變成更適合生存的模樣。為他人著想的行為，本身一點錯都沒有。

問題在於那些不直接出面抗議，自稱聖人君子和善良市民的人。

他們的思考模式很固定。事情鬧大是不好的，造成問題是不好的，有人唱反調是不好的。不探討問題的背景與本質，對其敬而遠之，最後還派出一堆人說「這樣不太好，所以不該做」，高唱正義的凱歌，不負責任地批評一通，逼著對方道歉，最後還不原諒。

註5 指一直在使用的詞彙被部分人士視為不適當的用法，遭到禁止。

本人我也是個空前絕後前所未聞開天闢地以來的聖人君子，所以當然不會隨便接近他們，也不會做容易遭到懷疑的事。

政治正確、輕率、不適當這些詞，會就這樣化為旗幟，建立不想惹事的多數派，聲量大的少數派和沉默的大多數也混在其中。

少數敵不過多數乃常有的事。戰爭就是要看數量，數量即力量，力量就是Power。Power很了不起的。只要有Power，便能達成大部分的事情，打倒一海票人。也就是說，能提升Power的肌肉才是最棒的。鍛鍊肌肉是最強的解法。大家明白嗎？不明白吧。

我明白的是，現在舞會的處境非常嚴峻。

目前還只有學生會、家長會的部分成員，和校方知道。萬一對舞會的否定意見和校方的自律要求在學生、家長間傳開，否定派的勢力想必會更加壯大。

若繼續袖手旁觀，局勢將越來越難挽回。話雖如此，我們也沒有什麼好方法。

「這已經死棋了嘛……」

疲憊的笑聲自嘴角洩出。

這時，我突然與平塚老師四目相交。她的眼神帶了點熱度，似乎在等我做出什麼反應。平塚老師把手肘撐在膝蓋上，鬆開交握的十指，緩緩開口。

「你果然想讓舞會成功。」

她再度提及在電話裡問過的問題，我頓時語塞。

平塚老師的語氣始終柔和，完全沒有責備我的意思。即使如此，我仍然無法確定介入這件事是否正確，所以不知道該如何回應。順便說一下，在電話裡的那番胡言亂語，害我有點難為情。不過，都已經說出口了，事到如今也無法否定。

因此，我像抵抗不了重力似地點了一下頭。看起來搞不好像低垂下頭。

「不知道這樣做對不對就是了……」

我撇嘴擠出模稜兩可的話語。都是因為閃過腦海的那個詞，害我現在說話有氣無力。

共依存。

不得不承認，再也沒有比雪之下陽乃用的字眼，更加貼切表現我跟她的關係。即使想否定，手邊也沒有反駁用的證據。

聲音沒了力道，視線也跟著垂下。

沙發下的地板，有好幾個模糊的黑色圓形印子。八成是經年累月磨出來的。也沒有修補過的跡象。歪七扭八的痕跡，有種在看水泥地的感覺。

我呆呆看著地面，眼角餘光瞥見平塚老師翹起另一條腿。

「是啊。雪之下不希望你插手。」

我抬起頭，對上平塚老師嚴肅的目光。

雪之下雪乃確實拒絕我的干涉。她的獨白，在場的平塚老師也聽見了。就是因為聽見了，平塚老師才會這麼說吧。或者，從當初要避免讓我知道舞會停辦這件事來看，除了那一次外，她可能早已在其他場合得知雪之下的意向。那些瞞著我的事，平塚老師搞不好知道。

想到這裡，我開始猶豫該不該輕率地介入，只能回以要笑不笑的表情。

平常不太會用到的臉部肌肉抽動了一下，我意識到「啊啊，這就是所謂的苦笑嗎」。

說實話，我知道事情絕對會變得很難處理，想到之後要跟她進行的無意義的對話，心情便盪到谷底。更何況，這絕對不會有什麼好結果。儘管如此，我仍然自己認定不得不去做。所以我才只能回以笑容吧。

看見我曖昧不明的苦笑，平塚老師的視線變得柔和，嘴角勾起一抹微笑。

「……就算這樣，你還是要去做。對吧？」

「我習慣不被人需要了。」

一直以來都是這樣。總是多管閒事。事到如今，我也不可能改掉這個壞習慣。

平塚老師愣在那邊，眨了兩、三下眼睛。然後，忍不住別過臉笑出來。

由於她笑得實在太開心，我稍微用視線表示抗議。平塚老師清清喉嚨，控制住笑意。

「噢，抱歉。哎呀——我有點高興。」

她還沒講完便垂下眉梢，一副傷腦筋的樣子。

「只不過，雪之下也在掙扎，試圖去改變什麼。我也想支持她。所以，我不知道隨便伸出援手是否正確，搞不好會妨礙到她。尤其是像現在這樣，有點鑽牛角尖的時候。」

平塚老師望向下方的視線往我這邊瞥過來。從那似乎想說些什麼的表情，看得出她在為雪之下著想。

「如果是指依存關係什麼的，與其說鑽牛角尖……我倒覺得這是誤會。」

「嗯……我也不認為『依存』這個說法是正確的，但這種事最重要的還是本人的看法。如果對方的觀點偏向特定一邊，通常講再多也沒用。」

「嗯……是沒錯……」

我對這種頑固的類型有印象。正確地說，是我被人這麼說過。

再怎麼勸告自己，過著有如棉花糖般曖昧不明的日子，終究無法坐視不管，費盡千言萬語也唬弄不過去，往往忍不住去追根究柢的那嚴重到自我意識過剩的潔癖。結果直到現在，那隻自我意識的怪物仍然棲息在心中，總是在一步之外的暗處盯著自己。

正因如此，我才明白，對自己抱持的見解無法輕易抹去。雪之下想必也一樣。先不論「依存」的說法是否為真，至少雪之下的心中是這麼認為。再怎麼否定，大概都說服不了她。

「而且，陽乃說的不完全錯喔。對雪之下而言，這件事很重要。大概類似她給自己的試煉。」

「試煉嗎？」

我重複了一次日常生活中很少聽見的詞彙，平塚老師輕輕點頭。

「嗯，也可以說是一種通過的儀式。」

她拿起矮桌上的香菸點燃。吸了比剛才更深的一口，慢慢吐出細煙。

「你認為我講得太誇張？」

「……不會。」

我搖頭。

「我覺得，嗯，的確有這種事。」

「沒錯。常有。什麼都行。音樂、投稿漫畫、運動也可以，能拿參加選拔當成畫下休止符的時機，例如某某大賽之類的。考試、就職，或者給自己立下『我在三十歲之前要……』的目標，都一樣。人總會迎接要面對自己的時期。」

平塚老師的語氣，彷彿在回憶往昔。

「老師也有嗎？」

「嗯，當然。」

她回以微笑，又吸了一口菸，吐出一小口煙霧，瞇起眼睛，不曉得是不是被煙燻到。

「有許多想做的事，想成為的模樣。不想做的事和不想成為的模樣也很多。每次我都會認真選擇，挑戰，失敗，放棄，再度做出選擇，如此重複……直到現在，都還是這樣。」

緩緩吐出的話語寂寥地搖盪，如同空氣中的煙霧。

我對這番話所指的「過去」一無所知。不過，連感覺已經成長完全的平塚老師，至今都嘗試過好幾種選項。

所以，肯定有這種事。

我們經常在追求能獨自活下去的根據、自信、實績。沒人願意為我們擔保。就算有好了，自己不相信的話也沒意義。所以，才想靠自身的力量證明自我吧。

輕易介入雪之下雪乃的決心、決斷、人生，是否正確？那個時候，雪之下陽乃這麼問我。

選擇、挑戰、失敗、領悟，本來全是屬於她一個人的。其他人有資格插手嗎？我沒有給出答案。要以什麼身分干涉到什麼程度，才會被允許碰觸那部分？

平塚老師彈掉煙灰，隔著裊裊白煙凝視我。

「我在這個前提下問你，你之後打算怎麼干涉她？」

她直接問出我猶豫不決的關鍵。

這一定是最後的確認。

所以，我審慎思考。因為我的回答不能有半句謊言。

「……至少，沒有坐視不管這個選項。」

那時在電話裡給出的答案，至今仍未改變。

但我不會說第二次。決心跟言語，都沒有那麼廉價、隨便。

這本來是想都不用想的問題。我已經做好決定，只有結論存在於此。雪之下的意思與我的行動無關。理由只要有那句話就足夠。

以前我也是這麼做的。我知道的做法少到屈指可數，能用的手段永遠只有一個。除此之外從未成功過。越是想避免犯錯就越扭曲、越惡化、越複雜，到頭來，錯得一塌糊塗。

因此，至少只有這次，要用我辦得到的方式。

平塚老師緊盯著我，眼神嚴肅到可怕的地步。我回望著她。我的眼睛不怎麼大，又是混濁的死魚眼，但絕對不會移開視線。

過沒多久，平塚老師慢慢揚起微笑。

「是嗎？」

瞇起來的眼睛透出溫柔的光。她滿意地點頭，我有點意外，目瞪口呆。剛才散發出的壓力瞬間轉為柔和的氣息，害我有點鬆懈下來，不小心講出不用講的話。

「『是嗎』……咦，就這樣？」

「這樣就夠了。我相信你。」

平塚老師不看我一眼，立刻回答，彷彿在講一件理所當然的事。

「……謝謝喔。」

她說得那麼直接，導致我不知道要如何害羞。我假裝點頭，別開臉，咕噥著道謝，感覺到臉頰一口氣變熱。

大概是我紅通通的臉被看見了，平塚老師輕笑出聲。

「比企谷，你聽好。僅僅是幫忙舞會的話，並不能幫助她。重要的是手段。你明白的吧？」

我點頭回應。

的確，單純說要幫忙籌辦舞會，她八成不會答應。既然如此，確實需要考慮手段。而且，舞會成功也不代表雪之下的自立性、獨立性能得到保證。

與其給他魚吃，不如教他釣魚——這句話我聽過無數次。就結果而言，只要雪之下得到自救的辦法即可。可是，我目前想不到滿足條件的手段。如果只是要舉辦舞會，也不是辦不到，但我並不覺得那是最佳解答。

我忍不住搔起頭。

「難度挺高的……」

「哎……是不簡單啦。尤其是你們的情況。」

平塚老師吐出煙霧，露出淡淡的苦笑。

「是啊。我覺得那是對方也在尋求幫助時，才會成立的關係……這次我們的意見徹底相衝。」

我邊說邊用手指比出一個叉。

平塚老師略顯無奈地聳肩。

「喂喂喂，你在說什麼啊。你們之前都在做什麼？」

「都在做什麼呢……」

完全沒印象……有種沒做什麼大不了的事的感覺。

我面露疑惑，平塚老師雙手握拳，舉到我面前。然後咻咻咻揮起空拳。討厭好可怕我要被揍了之後她會對我超級溫柔讓我為這個反差心動營造出完美的家暴關係對不對……我嚇得要命，平塚老師露出好強的笑容。

「自古以來，彼此的正義產生摩擦時就要一決雌雄。」

曾經聽過的這句話，令我忍不住說道：

「喔、喔喔……好懷念……」

「對吧？」

平塚老師淘氣地笑了。

然而，她的微笑也只有一瞬間。

嘴角明明還維持在上揚狀態，眼中卻閃著憂傷的光，視線在空中游移。

「真的，好懷念……」

她補上的這句話沒有對著我說，大概是無意識脫口而出。肯定是對她的內心說的。

我晃了兩、三下腦袋，微微收起下巴。這個動作看起來像贊同，內心的想法卻並非如此。所以我沒有出聲回應。

平塚老師像要填補這短暫的沉默般，接著說：

「你們已經有過好幾次意見上的衝突吧。不過，你們都跨過那道牆了，大可更相信一點自己累積至今的成果。」

「說得，也是……」

平塚老師溫柔地微笑，我認真傾聽這番話。

她不希望別人幫她。可是，很難完全不去干涉。所以，必須摸索其他方法。我以之前的經驗為基礎試著思考，開始隱約有了頭緒。

我默默點頭。平塚老師看了，浮現滿意的微笑。

「定好方針後就簡單了。雪之下應該還在學生會辦公室。去吧。」

「好的。啊，最後再問個問題。」

我正準備起身時，又想到一件在意的事，坐回沙發上。

「嗯？」

平塚老師歪過頭。這個可愛的舉動明顯與年齡不符。我的表情則正好相反，一臉心懷不軌，嘴角下意識揚起。

「關於舞會，只是要我們自律吧？」

「……你剛才也問過類似的問題。」

平塚老師碎碎念道。言下之意，雪之下她們果然沒有放棄舞會。跟我一樣——不對，比我更快想到那個結論。

她刻意閉上眼睛，放棄掙扎似地嘆一口氣，然後將吸到一半的香菸塞回口中，看著其他方向吞雲吐霧。

我明白這是默認，在感激的同時也有點擔心。

「這樣沒問題嗎？假如我們搞砸，您不會受到連累嗎……會不會害您在學校待不下去？」

萬一發生什麼問題，身為顧問的平塚老師也會被追究責任。雖然不曉得會不會受到實質懲罰，但八成會被訓誡一頓。以社會制裁為名執行精神上的私刑，在任何團體內都會發生。

平塚老師叼著菸甩甩手，俏皮地眨了下眼。

「到時我已經不在了，離開後的事我才不管。」

「喔喔，這句臺詞好有現代年輕人的味道。」

「什麼叫『的味道』？我是現代人也是年輕人好嗎？」

平塚老師狂拍桌子，用故作年輕的語氣抗議。她的玩笑話害我忍不住笑出來。

「就算有什麼事，大不了我被砍頭。你不必擔心。所以放手去做吧。」

平塚老師繼續耍寶，用手刀敲自己的脖子。

「咦……超難放手去做的……」

麻煩不要隨便用砍頭代稱解雇。反而害我壓力超大，一口氣折損好幾年的陽壽。

「開玩笑的，別在意。我這邊總有辦法。被炒魷魚的話，乾脆就結婚吧。雖然沒有對象。啊哈哈哈——」

她搔著長髮，自虐地笑著，我一點都不覺得好笑……卻刻意笑著說：

「別擔心。」

「咦？你願意娶我嗎？」

平塚老師幾乎馬上回問，睜大眼睛。為什麼啦不會娶妳啦，配我太可惜了吧。所以快點！誰快來領走她！趁我還沒改變心意！

在我如此心想的期間，平塚老師似乎也感到一陣空虛，有如被拋棄的黑色拉不拉多的眼睛淚光閃閃。討厭好像大型犬我被治癒了……不過我家有貓，所以對不起喔——我用這種感覺搖搖頭。

「因為我打算讓這件事平安落幕。基本上。」

嘴巴上這麼說，心裡卻沒什麼把握，導致我不小心在語尾加了句保險。

畢竟狀況壓倒性地不利，連能否和雪之下合作都不確定。

老實說，我有種「不可能成功吧……」的感覺，但這種時候就是要勉強自己這麼說。否則哆拉A夢也不能放心回到未來……

雖然超過一半是虛張聲勢、逞強、愛面子，我硬是拉起嘴角，擠出笑容。平塚老師看著我的眼睛。

「……真可靠。」

彷彿在目送汽車於夜色中逐漸駛遠，瞇起眼睛，用溫柔的聲音輕聲說道，對我露出柔和笑容。直接對我說這種話害我難為情到不行，忍不住假裝摸後頸的頭髮，微微別過頭。

我一反常態地誇下海口。

得在不連累平塚老師的情況下解決事情，使難度又提升了一些。

即使如此，依然有一線光明。

之後只要我這邊進行順利，平塚老師應該就不會成為眾矢之的，這樣也不會影響她的去留。大概，一定，沒問題。我也不確定啦。哎，稍微做好覺悟吧。聽見我娶了比自己年長將近十歲的老婆，父母會怎麼說呢……原來是那方面的覺悟嗎？

無論如何，該做的事已決定下來，沒什麼要說的了。我們自然而然閉上嘴巴。

經過數秒的沉默，我將剩下一半的甜咖啡連著苦澀的滋味一同飲盡，立刻起身。抓起放在旁邊的書包、外套、圍巾，將其他東西留在那裡。

「走了。」

「嗯。」

我簡短地道別，平塚老師也只是點頭回應。

我們的對話就到此結束。可以結束了。

平塚老師卻叫住準備轉身離去的我。

「比企谷。」

我沒有回頭，可是也沒辦法無視她，停下腳步。

「……抱歉。我開不了口。」

我看不見平塚老師的表情。不過，不用想都知道她肯定哀傷地低著頭。因為我八成也是類似的表情。

正想開口，剛才喝下去的咖啡的苦味又在口中重現，甜膩的牛奶糾纏住喉嚨。我將它和差點脫口而出的嘆息一同吞回去，假裝咳嗽。

「……呃，不用跟我道歉啊。」

我轉頭瞄了一眼，扯出笑容，滔滔不絕地說。

「有什麼辦法。工作就是這樣嘛。我知道原則上有很多事不能說。而且，您還沒確定真的要離職吧。」

我盡量用輕快的語氣，用一如往常的態度說道。明知道不可能，卻說了違心之論。可是，比企谷八幡並不是開朗的人，所以我的語氣還是有點假，伴隨著空虛。

平塚老師垂下目光。

「是啊，還沒收到正式通知。」

工作上，未正式確定的事項不能告訴別人。規矩就是如此。

平塚老師的這句話，對我跟她來說都是某種藉口。但那是確實、明確、不可動搖的規矩。

因此，我們得以「除了接受外別無他法」當理由妥協。她不告訴我不是基於惡意或善意，只是因為明確的規矩。我們都很清楚，所以才能接受，才能笑著說這沒什麼，這是理所當然的。

「沒離職的話就糗了。」

老師用手背撥開長髮，哈哈笑著。

「真的。」

我也笑了。這麼一笑，心情稍微輕鬆了一瞬間。

可是，好空虛。

我自己也明白。

再怎麼開玩笑也無法對此一笑置之，連玩笑話都顯得很膚淺。我知道這只是在用膚淺的話語掩蓋事實。

但是，這樣就告一段落了。

我跟老師的對話到此結束。

「那我走了。」

「嗯，加油。」

我向她點頭致意，重新邁步而出。背後響起打火機的聲音，打火石發出「喀」的摩擦聲，接著是短促的嘆息。

平塚老師大概要回去工作吧。

我沒有回頭，走出辦公室。

無論如何，一色伊呂波都有想確認的事。

夕陽照在臨海的玻璃窗上。

另一側的天空是薄墨般的藍色，橘色街燈一一亮起，照亮踏上歸途的學生。

儘管白天的時間比之前長了一些，天色還是暗得很快。離校時間將至，運動型社團在操場上練習的聲音也已經消失。

我在教職員辦公室待得不算久，但也足夠讓學校周邊的景色改變。在用隔板隔開的狹小空間內，連時間的流逝都察覺不到。

只不過稍微移開目光，一切都產生了變化。

就連現在，從辦公室走到學生會的一小段路程中，說不定都錯過了某些事物變化的瞬間。

因此，我加快腳步。

夕陽照亮只有我一個人的走廊。

窗戶比特別大樓和新大樓多的主要校舍充滿亮光，不過多虧乾淨的玻璃，給人的清涼感較為強烈。冬天甚至可以用寒冷來形容。

急促的腳步聲，在冰冷沉悶的空氣中響起。

不是輕快的噠噠聲，不是帥氣的喀喀聲，也不是咚咚咚的粗魯腳步聲，而是有點像水聲的啪噠聲。

由於我趕時間，腳後跟有一半露在破爛的室內鞋外，走起路來發出有點好笑的聲音。

但我絕對不會停下腳步。

光是這點，就是很大的進步。

跟平塚老師談過之後，似乎讓我的雙腿輕快了些。

該做的事，該思考的事再明顯不過。

現在無需思考其他事。悶在胸口的那些事，我已經想通，拋下了。盤踞在心裡某處的事，我已經放棄了。

要像一臺機器，做好剩下唯一的那件事。

只要能完成這個目標，其他事統統往後挪。既然設定好目的，就該摸索各種手段去達成。這就是我現在該做的。

走著走著，走廊上的陽光突然中斷。

以為會永遠延續下去的玻璃窗，換成學生會辦公室的牆壁。辦公室的大門緊閉，聽不見裡面的呼吸聲。這裡只有我的呼吸聲。我輕輕吐氣，讓心情平靜下來。

這幾天，我沒有跟雪之下或一色見面。上次見面是在雪之下母女來學校，要我們停辦舞會的那一天。之後，我和雪之下講過的話只有模糊的拒絕，連對話都稱不上。

因此，我才特別注意要保持冷靜。一旦激動起來，將無法導正彼此是非觀念相悖的部分。

嗯，這點不成問題。放心啦，我的感情幾乎全死了，甚至只剩負面情緒。這樣是不是更糟糕？

好緊張喔，我能做好嗎……沒問題沒問題我做得到我做得到我做得到加油♥加油♥

我將智商降低大概五億，為自己打氣，迅速切換心情，敲響學生會的門。門後傳來一點動靜。

「來了——」

一色的聲音隔著門傳來，接著是啪噠啪噠的腳步聲。門立刻打開，從門縫間露出的亞麻色髮絲晃來晃去。一雙腿輕快地踏出來，裙襬隨之晃動，過長的粉紅色毛衣融進夕陽。

一色伊呂波可愛地歪過頭，露出臉，一看到我表情就瞬間變了。一言以蔽之，就是「慘了……」的表情。

「……啊——」

一色輕聲嘆息，瞄了後面一眼，走出學生會辦公室，反手關上門，維持尷尬的表情抬起視線看我。

「果然來了嗎……」

「嗯。雪之下呢？」

一色微微轉頭，望向身後那扇門。看來雪之下在辦公室裡面。我呼出參雜安心與緊張的一口氣。

我用力握住長褲口袋附近，順便擦掉手汗，朝門把伸出手。

一色瞬間往旁邊移動，擋住我。妳在模仿螃蟹嗎？既然如此——我往另一邊移動，一色也跟著妨礙我。現在是緊迫盯人嗎？妳絕對該去當現在的日本代表後衛……

「呃……超擋路的……那個，借過好嗎？」

我試著叫她讓開，一色卻抱住胳膊，抬頭挺胸擋在門前。

「我得問你有什麼事。外人禁止進入。」

一色一本正經地搖搖手指。由於會長的性格相當隨便，之前我在這進進出出都沒被管過。經她這麼一說，學生會確實禁止外人進入。到我這個等級，在大部分的地方都會被當成外人，所以她這麼認真地採取應對措施，害我不知該如何是好。

這傢伙明明那麼隨便，怎麼今天特別囉嗦……扠著腰晃手指鼓起臉頰的模樣也有點可愛……

不過，我從她身上感覺到絕對不會從門前讓開的堅定意志，與她裝可愛的動作形成強烈衝突。不據實以報，她就不會放我進去。

「……我來幫忙的。」

「……」

我煩惱了一下，最後還是選擇簡單明瞭，又絕對沒錯的說法。

一色有點驚訝，愣在原地。嗯嗯嗯看來妳同意囉。我趁她愣住時，快速向門踏出一步。

「那我進去囉。」

「不行♥」

「咦……」

一色再度橫向移動，笑咪咪地阻止我。這傢伙是艾吉貝亞城的門衛（註6）嗎？

本來以為我們會僵持不下，一色可能是察覺到我也沒有退讓的意思，突然變得很老實。

「那個……學長是來問舞會的情況，對吧？」

註6 遊戲《勇者鬥惡龍》中的最強士兵，會阻擋主角進城。

「嗯，是啊。」

一色握拳抵著額頭歪向一邊，露出複雜的表情。過沒多久，她瞥了後面一眼，然後從門邊走遠幾步，對我招手。她大概有什麼要對我說，但不想讓雪之下聽見的話吧。

無視她直接進門好了……腦中剛浮現這個念頭，一色似乎也有所察覺，揪住我的外套袖口，毫不猶豫拉著我走。

我不能甩掉她的小手，只得乖乖跟在後面，在走廊上走了一段時間。彎過轉角後，我們來到連接主要校舍和特別大樓的露天走廊。

走廊的牆邊設有長椅，下課時間常有學生聚集；現在快要到離校時間，半個學生都沒有，取而代之的是冰冷靜謐的空氣，以及西邊的夕陽。

一色在牆邊的長椅附近停下腳步，轉身，終於放開我的袖子。我把袖子的皺褶抹平，感覺到上面似乎殘留著些許熱度，有點難為情。不要突然拉我袖子好嗎？羞死人了……

「感謝學長有這份心意，我個人也滿高興的……」

一色背對玻璃窗，講話支支吾吾。她略顯尷尬地低下頭，細長的睫毛跟著垂下。

「可是，現在不太方便讓你進去，不如說不太方便讓你們見面。」

「為什麼？」

我坐到長椅上問，一色把手背在身後，靠在玻璃窗上。

「老實說，我覺得你現在過來的話，事情會變得更複雜。過一段時間再來比較好吧。」

「啊……嗯，是啦。」

我知道一色在指哪件事。之前我們起衝突的時候，一色也在場。看過那場無謂的爭執，自然會擔心。我自己也對於要跟雪之下見面有點不安。但我不能因此退讓。

「……不必擔心。我會好好跟她談。」

「咦~此話當真？」

她的眼神超級懷疑……嘴脣扭曲成「唔噁」的形狀，眉頭皺成一團。這個發自內心不相信我的態度到底是怎樣……一色的眼神害我坐立不安，偷偷移開視線，清了一下喉嚨。

「真的啦……我已經想好要怎麼說了。」

萬一扯到依存之類的話題，事情顯然會變得更難處理。所以只能避開這部分，從其他論點切入。就算我們想法不同，既然有讓舞會成功的共同目標，應該可以進行建設性的對話。

我是這麼想的，為何一色的表情絲毫沒變……

「想好要怎麼說……哇~超不可信——」

她露出鄙視的表情，講出超殘酷的感想。

「唉，妳會不相信我也沒辦法。」

我的人生一向沒有得到他人的信任。我自己也很清楚，所以只是聳聳肩膀。

一色沉默片刻，緊盯著我看，輕聲嘆息，垂下肩膀，彷彿死心了，抑或是對我感到無言。

「真是過度保護耶。」

她喃喃說道，按著裙襬坐到我旁邊，把手撐在大腿上托著腮，微微抬起下巴。肩膀附近的頭髮搖晃，在夕陽下閃耀光芒。一色的視線，看似落在比對面的窗戶更遠的地方。

「雪乃學姐正在努力的說。我也不是不懂她的心情……」

「……是啊。」

我把手撐在身後，靠上牆壁，抬頭看著天花板。

照理說，一色的做法恐怕才正確。對於想靠一己之力達成目標的人，其他人該做的是默默在旁守望。

「就算這樣……學長還是要幫忙？」

我將視線移回她身上，一色撐著臉頰，轉頭凝視我。這個行為實在很裝可愛，她的眼底卻潛藏著令人不寒而慄的嚴肅。

「……我是這麼打算。」

雖然我這雙死魚般的眼睛跟嚴肅永遠沾不上邊，至少在語氣上稍微正經了些。

一色想了一下，擠出微弱的聲音問我：

「是嗎……就算這樣，並不是為雪乃學姐好？」

「我從來沒有為了誰好而行動過……所以，這次也一樣。」

「是一樣的嗎……」

我點頭回應她參雜疑惑的呢喃，一色低下頭。我沒辦法低頭，只得望向窗外。

結果，總是這樣。

所說的話和所做的事，經常與正確答案相去甚遠，無論何時都在犯下充滿誤解的錯誤。連為自己犯下的過錯道歉都是錯誤，釦子始終是扣錯的。

將近一年的時間，這種事一直在重複，歲月就這樣流逝。不知不覺，冬天都快結束了，初春的強風把窗戶吹得喀喀響。短暫的靜寂被打破後，一色突然抬頭。

「不過說實話，我不認為這樣有辦法說服雪乃學姐。」

「我想也是……」

我忍不住嘆氣，一色探出身子。

「你會被拒絕得很徹底喔。」

「我想也是……」

我又嘆了口氣，一色抬頭看我。

「就算這樣，還是要做？」

「是啊……」

我唉聲嘆氣地說，一色目瞪口呆，歪過頭。

「咦？為什麼？」

「問我也沒用……」

有這麼意外嗎？伊呂波妹妹對學長用的敬語不見囉。雖然我不介意啦……不過，這個人，是不是忘記自己說過什麼……

我懷著諸多不滿，瞇眼看著一色。

「說起來，最先要我們幫忙的不就是妳嗎……」

聽見我的回答，一色瞪大眼睛，大眼眨啊眨的。然後迅速往後面縮，拚命揮手，扔出一連串的話。

「啊！是為了我嗎！這是什麼意思是在追我嗎受到特別待遇我是不覺得討厭也不排斥遇到困難時有人來幫忙但這跟那是兩回事麻煩等事情處理好後再來對不起。」

最後恭敬地一鞠躬。我滿足地點點頭。

「嗯，對啊。完全不是妳說的那樣，不過大致是那樣沒錯。」

「那是什麼反應……這樣呀，原來不是我說的那樣嗎？」

她不悅地鼓起臉頰，冷冷瞪了我一眼。哎呀，因為這才是正確的反應嘛……一色無視疲憊的我，食指抵在臉頰上，滿不在乎地說：

「好吧，就算理由是為了我，我也無所謂啦。」

「當然有所謂。我又沒說是為了妳，並不是好嗎……」

我嘀咕著想糾正她，一色卻沒在聽。手指依然抵著臉頰，歪過頭，面色凝重。

「不過說實話，我不認為這樣有辦法說服雪乃學姐。」

「我想也是……這是無限迴圈嗎？可是，妳就不能幫我說幾句話嗎？」

我懷著些微的期待這麼說，一色嚴肅地擺擺手。

「咦，死都不要……不如說辦不到。」

「妳竟然說辦不到……而且還秒答……」

這傢伙剛才是不是說「死都不要」？是我聽錯嗎……我盯著她看，一色清了幾下喉嚨，不知為何挺起胸膛，堂堂正正地說：

「不可能啦。女孩子不會改變自己做的決定……別人為自己做的決定倒是會輕易改變，一不爽還會假裝忘記。」

「真差勁……」

她稍微別過頭，偷偷補充。只有妳是這樣吧？不是所有女生都這樣，要看人的吧——連不只是女性，甚至不擅長應付所有人類的我這麼認為。

一色把頭轉回來，眉毛垂成八字形。

「……而且，對象是雪乃學姐嘛。我覺得有難度。」

「是嗎？是啦……」

不是因為是女生，而是因為是雪之下。這麼一說，我也不得不同意。回顧我跟雪之下認識的這段稱不上長的時間，她無時無刻不展現出清廉、一絲不苟的個性。這次也一樣，不可能輕易改變主意。

我閉上眼睛，雙臂環胸，「嗯——」地沉吟著。一色小聲說道：

「我這次受到很多幫助……也想為她打氣。」

我往旁邊瞄過去，一色臉上浮現淡淡的苦笑。

「所以，我不方便說什麼。對不起。」

「啊——沒關係。是我隨便就提出這種強人所難的要求，抱歉。」

我也苦笑著叫她不用在意，一色點頭回應。我順著話題隨口說出的話，一色似乎有認真考慮過。雖然現在才講這種話有點太晚，一色伊呂波真的是非常十分相當超級好的人。所以帶著這種隨便的心態叫她幫我說話，還害她捲入麻煩，我還挺愧疚的。

果然該由我自己思考。

……這樣的話，該從何說起呢？我實在沒頭緒。因為那傢伙真的很難搞……唉，好吧，我自己也很難搞。不如說我更難搞。

思緒亂成一團的時候，就要促進大腦的血液循環。我邊想邊按摩頭皮，這段期間，一色只是默默看著我。

「…………」

「幹麼？」

我在意她的視線，開口詢問，一色搖搖頭。

「沒事，我只是在想，你都沒有放棄耶。」

「咦。喔、喔，嗯。」

經她這麼一說，又被盯著猛瞧，害我不知道該做何反應。我用幾乎沒有意義的回應打馬虎眼，一色和我拉近一個拳頭的距離。跟剛才一樣，筆直地看著我。

「為什麼？她本人都拒絕了，陽乃姐姐不是也對你說了什麼嗎？為什麼要做到這個地步？正常人絕對會嫌麻煩吧。」

這一串話語直搗我的心房。明明是問句，卻不給我回答的時間。即使有那個時間，我八成也講不出明確的答案。

一色每問一個問題就湊近一些，我也挪動身體，跟她拉開距離。然而，過沒多久就被逼到邊緣，無處可逃。

「有很多原因啦……」

煩惱過後，我好不容易別過頭，一色卻抓住我的領帶一扯。

「請你認真回答。」

一色硬把我的頭轉回來。她的力道不小，將領帶握出皺痕，小手也微微顫抖。我無法轉頭，也無法移開視線。因此，目光落在抿成一線的嬌嫩雙唇，以及在夕陽下搖晃的眼眸上。面對她嚴肅的表情，我能做的只有勉強張開沉重的嘴巴。

「真的有很多原因……我不覺得我解釋得清楚。」

「沒關係。」

但一色不允許我耍嘴皮子，立刻反駁回來。看樣子，我不回答些什麼，她就不會接受。

可是，無論我講什麼，她都無法認同吧。

我懷抱的感情與感傷，說起來根本不能言喻，正因如此，才是怎麼形容都可以的極為麻煩的東西，不管我如何描述，他人肯定無法理解。不知變通地用既有詞彙描述這不透明、不定形、不鮮明的東西，只會害它從頭開始劣化，最後釀成嚴重的錯誤。更重要的是，我不想只用一句話概括。

之前我一直搬出「因為是工作」、「為了我妹」這種藉口。這次也只要如法炮製，把理由推到其他人身上即可。「因為一色拜託我幫忙」是最簡單的理由。

然而，一色伊呂波想要的八成不是這種課本上的標準答案。她誠摯的目光告訴我，得不到理由、諒解也無所謂。

講不清楚，解釋得不明白也無所謂，說出你的答案——她是這個意思。

因此，我很清楚這並非她想聽見的答案，老實、真摯地將話語跟沉重的嘆息一同慢慢吐出。

「……我該負責。」

「負責嗎？」

一色輕聲呢喃，微微倒抽一口氣。不曉得是不是因為我說的話不得要領，她面露疑惑，就這樣低下頭。然後抬起視線看了我一眼，催促我繼續說。

我點頭回應，擠出斷斷續續的句子。呼吸困難，胸口非常燙，或許是因為本來只有鬆鬆地掛在脖子上的領帶被一色拉住。

「雖然要追溯回源頭，事情之所以變得這麼複雜，還扯到依存什麼的，都是我的責任。所以，我想解決這個問題。我一直是這麼做的，事到如今不能說變就變。就這樣。」

我好不容易講完類似結論的東西。一色的手放開我的領帶，無力垂下。

「啊，不好意思，因為學長的答案跟我想像的不一樣，我有點恍神。領帶皺掉了呢，對不起。」

「沒關係啊，本來就皺巴巴的……」

我都這麼說了，一色卻碎碎念著「這怎麼行」、「哇——」、「糟糕——」急忙試圖把皺紋抹平。她抹得太用力，我的脖子也跟著動來動去。

不過，她的手突然停下。

「剛才那些話，你會對雪乃學姐說嗎？」

一色的視線落在垂下的領帶上，看不見她的表情。我無言以對，一色又開始扯我領帶，彷彿在叫我快點回答。每扯一下，亞麻色髮絲就調皮地跳來跳去。這如同小貓的淘氣動作，使我感到一陣放心，忍不住笑出來。

「……說是會說啦，能不能傳達給她則另當別論。」

「你們真難搞耶。」

一色抬起臉露出無奈笑容，拍了一下我的胸口——我的領帶。

「對我來說，侍奉社願意幫忙最省事。所以，要好好幹喔。」

她「嘿咻」一聲，站起來指向我，露出從容不迫的笑容，然後晃著裙襬，轉身離開。走了兩、三步後，招手叫我過去。意思是要放我進辦公室嗎……

我也驅使沉重的身體站起來，跟在她後面。

×　×　×

我跟在一色之後進入學生會，隨即聞到一陣芳香。推測是室內香氛之類的。跟侍奉社的社辦不同，是清爽甘甜的水果香，並未參雜紅茶的香氣。

不怎麼大的辦公室裡東西非常多，或許是長年經營累積下來的，感覺有點亂。其中只有一塊區域特別整齊。

存在感強烈到不行的會長辦公桌旁，放著一張簡樸的桌子。雪之下雪乃站在桌子後面的白板前。

在場沒有其他學生會成員，代表暫時由雪之下和一色兩人確立行事方針吧。討論的痕跡清清楚楚留在白板上。紅、黑、藍的文字躍於白底上，雪之下盯著那些字，聽見背後的聲音而回過頭。

「哎呀，比企谷同學。」

「嗨。」

看到我出現在這裡，雪之下沒什麼反應，甚至露出淺笑。她應該已經接獲校方的自律要求，看起來卻一副不在意的樣子。

「休息吧，一色同學。」

雪之下拿掉白板的固定器，翻到另一面，將白板推到旁邊，開始準備泡茶。她打開電熱水壺，在等待水滾的期間俐落地放好紙杯，取出茶包。

那熟練的動作讓我有點懷念，雪之下發現我在看她，默默用視線叫我坐下。她的桌子對面，正好有張折疊椅。

過沒多久，熱水開始冒泡，沸騰聲與我拉過折疊椅的聲音混在一起。一色也小步走向會長的座位，喀啦喀啦地拖來附椅背、略顯高級的椅子，淺坐在其上。

接著，一杯用跟侍奉社不同的茶具泡的紅茶，無聲地出現在我面前。我感激地接過，客人用的紙杯裡，散發出熟悉的香味。

「你聽說了？」

這個問題不具體又簡短，但我和她會在這個地方談的話題，不用想都知道。

「嗯，對啊。跟由比濱一起。」

雪之下略微露出驚訝的表情，不過下一刻，她立刻恢復鎮定。

「……是嗎？」

「關於詳情，我聽平塚老師說了。沒問題嗎？如果有什麼我做得到的，我可以幫忙……」

「不必擔心。我們也在擬定對策。」

她優雅地將紙杯拿到嘴邊，輕啜一口，流暢地回答。

這段對話的溫度，與手中紅茶的熱度相反。一色扭扭捏捏的，大概是坐立不安。她不停對我使眼色，叫我「講清楚啦」。

請等一下。所謂的對話需要流程、脈絡、順序、時機、氣氛，以及勇氣等諸多要素。對話未免太難了吧？我才在觀察氣氛準備開口，結果一開始就遭到拒絕。總之，想擴展話題，得先找到開端。我真的很不擅長這個。

我一邊吹涼紅茶，一邊思考如何開口。紅茶的溫度逐漸下降，連怕燙的我都終於能喝，我開始小口喝茶，同時咕噥道：

「妳打算怎麼辦？」

雪之下盯著我的臉，眼神像在試探我。

「……還在思考階段，沒什麼好說的。」

思考階段嗎……都已經寫滿整面白板，虧妳講得出這種話。一色大概也有同樣的想法，瞄了雪之下一眼。

我想像了一下白板上的內容，八成是大致的方向已經決定，她不想讓我知道，才會選擇打馬虎眼。

她可是特地將白板移到我看不見的地方。不能逼問。

這樣的話，最佳手段是從疏於守備的地方開始進攻。繼續跟雪之下講下去，顯然也不會有交集。我轉向詢問一色。

「有什麼要做的嗎？」

「……目前，沒有想到。」

一色視線飄向左上方，回答時沒有看雪之下。我無法判斷這是不是在唬我。

不過，其他學生會成員都不在，氣氛甚至有點散漫，應該可以確定沒有什麼要事。

「反過來說，就是還不能採取行動囉……」

「那當然。我們今天才被要求自律。」

雪之下冷靜回應我的自言自語。剛剛才接獲通知，她卻顯得不怎麼著急。恐怕是因為她知道「自律」一詞的意義，稍微放鬆了些。

校方的自律要求。我和雪之下對此的見解，照理說是相同的。共通的話題正是炒熱對話的調味料。以此為開端擴展話題吧。

我將視線移回雪之下身上。

「不過妳剛才說在擬定對策，也是啦，對方只是要我們自律，真要說的話，也不是不能直接無視。」

使用「自律」一詞的是校方。更進一步地說，是平塚老師的讓步方式。用了這個說法，主體就是自己，蘊含「靠自己的判斷下決定」的意思。也就是在暗指，停辦舞會這個決定沒有強制性。

雪之下她們應該是想反過來利用校方沒有講明這點，故意誤解校方的用意，積極地讓情況變得更複雜。她打算以「你們只是要我們自律，最終的決定權仍然在我們手中」的態度處理這件事。

雪之下當然明白我的意思，苦笑著開口。

「我想盡量避免這麼做就是。」

「反過來利用自律一詞是可以。可是，光暗示自己可能會採取強硬的手段，沒辦法讓對方同意吧。」

「我知道。我會以此為前提跟大家商量。」

雪之下回答，眉毛動都沒動。

舞會當然不會強行舉辦。這種強硬的行為不過是僅限一次的自爆技。如果明年以後也想繼續辦舞會，就不能輕舉妄動。

她們的目標是透露出強行舉辦舞會的意圖，營造一觸即發的局面，逼對方讓步。

我們要在沒有校方管理的情況下辦舞會喔！要在你們管不到的地方辦舞會喔！會變得比想像中更嚴重喔！這樣也沒問題嗎──以此當威脅。

雖然不可能真的這麼做，大概就是計畫像這樣跟校方交涉吧。

非常亂來，但還留有交涉的餘地。

問題是要拿什麼當籌碼。

我站起來，走向牆邊的白板。雪之下輕輕嘆了口氣，卻沒有阻止我。

我拉過白板，翻面。

剛才我只瞄到一眼，上面果然寫著今後的對策、新舞會的路線，八成是雪之下她們想的。

看來討論得挺激烈的，整面白板全是她們用文字進行的辯論。不同的筆跡混在一起，大概是雪之下和一色各自的意見。句尾問號較多，卻整齊地寫成一排的，大概是雪之下；到處亂寫、使用大量驚嘆號的草書，推測是一色。

從文字的書寫順序來看，似乎是兩人分別提出意見，再由對方反駁，試圖想出更好的方案。

「妳們一起想的嗎？」

「不如說是我反駁雪乃學姐提出的方案，我的方案則由雪乃學姐指出哪裡不可行……」

「嗯，挺有建設性的。」

膠著狀態的應對方式，就是不管怎麼樣，先提出兩種方案。至少要選擇其中一種，不然就是提出折衷方案。毫無對策，只會一味反對，事情也不會有進展。

建立對立結構，才能讓議題有所進展。因為光在那邊討論可不可行，到頭來只會得出「不是不可以，但好像不行」之類的籠統結論。

那麼，她們開的會議得出什麼樣的結論呢？我望向白板……嗯——結論是啥？上頭密密麻麻，卻發生跟別人借筆記時常有的、只有本人看得懂的現象。

「……所以，結論是？」

「呃……用紅筆圈起來的。」

我照一色所說看過去，疑似結論的部分確實畫了好幾個紅圈，我依序看過去。華美、健全、服裝要求、訂下基準、官方、禁止上傳，ＯＫ！完畢。

「嗯……大概懂……不，我不懂……」

咦——這啥？猜謎？好像能理解又好像不能理解……所以是什麼意思啦（註7）？我轉頭要求說明。

雪之下用手指撫過紙杯杯口，視線落到泛起漣漪的水面上，輕聲嘆息。

「我們還沒整理完你就來了。」

「這樣啊……那真是……抱歉。」

沒有責備我，只是單純陳述事實的雪之下，令我講話有點支支吾吾。的確，我走進學生會辦公室的時候，雪之下站在白板前。應該是真的在做最後的統整。我為自己不小心打擾她而道歉，雪之下輕輕搖頭，叫我別介意。

「所以，具體上是什麼意思？我完全看不懂。」

我清了一次喉嚨，化解有點尷尬的氣氛，這次明確地詢問。

接著換成雪之下回答不出來，看似有點難為情。

註7　漫畫《火影忍者》中漩渦鳴人的臺詞。

「……我不是說還在思考階段嗎？」

她講完這句話就移開目光，陷入沉默。好吧，想避免我介入的雪之下，自然不會為我仔細說明。

既然這樣，來，一、二、三——伊呂波妹妹？我偷瞄一色，一色露出超級嫌麻煩的表情。

「咦……超簡單地說，就是對服裝要求訂下一個基準的感覺？是吧？」

一色望向雪之下，雪之下大概是看不下去，心不甘情不願地開口。

「我打算限制太華麗和太暴露的服裝。事先跟我們找的租衣業者商量，製作服裝型錄。」

「哦……」

原來如此。她想先針對服裝訂下一定的基準，以保證學生不會有不健全的打扮。因為多數學生八成會直接租衣服，這樣自然會遵循學生會訂的標準。可是，未必所有人都會聽話。

「那自己帶衣服的人呢？」

我開口詢問，一色豎起食指畫著圈，流暢地回答。

「其他人都選比較低調的禮服，那些人應該也會控制一下，避免不合群。」

「喔，同儕壓力。」

「這說法真差勁……」

一色露出無力的表情，對我投以鄙視的眼神。唉呀，實際上就是這個意思嘛……

話雖如此，不一定大家都會看氣氛吧。照理說，哪個時代都會有「與眾不同的真正的我出道囉！我要靠超受歡迎的色色打扮跟其他人拉開差距☆這禮拜走舞會穿搭風！」這種腦袋充滿紅文字的 Popteen Pichi Lemon 女孩（註8）。想天天辦舞會的傢伙，大腦真的跟檸檬一樣小。

「也有那種為了引人注目，故意穿得很誇張的傢伙吧，畢竟舞會這麼重要。」

「是啊。關於這點我也有對策。」

雪之下簡潔回答我的問題，卻不肯繼續說。不過，只要拿剩下的線索去思考，自然會想到答案。

「……禁止上傳到社群網站，有人會遵守嗎？」

我拍拍白板下面的文字。這幾個字不曉得是因為空間不夠還是沒有把握，比其他字小一點。

雪之下憂鬱地嘆氣。

「我想很難，不過應該可以起到叮嚀的作用。」

「不遵守規矩，就算發生什麼事也該自己負責吧。大家也都是大人了。」

另一方面，一色喜孜孜地順口說道。未來「成年」的年齡要下調，十八歲是可

註8《Popteen》與《Pichi Lemon》皆為女性雜誌，紅文字系雜誌主打甜美的淑女風格。

以當成大人沒錯……不過啊，絕對會有人抱怨啦。雪之下在我沉吟的時候補充：

「我知道單純禁止得不到他們的諒解。因此做為補償方案，我會聘請職業的官方攝影師，然後販賣照片及檔案。」

「讓專家幫忙拍照的機會不常有喔。我覺得這當成額外服務滿可以的。」

「哦——是這樣嗎……」

不知為何，一色得意地挺起胸膛，看來對女生而言，能讓攝影師把自己拍得漂亮可愛是有需求性的。

請攝影師和賣照片的計畫都不難執行。現在運動會之類的學校活動上，似乎也有禁止家長拍照，照片要去跟學校買的案例，簡單地說就是類似的東西吧。

昭和時代出生的人，好像有過每次校外教學時都有攝影師同行，由校方販賣照片的經驗。說不定家長也能接受。聽說有人為了喜歡的女生的照片，在購買單上填寫對方的編號後，被其他同學看見，而被抓包「那張照片又沒拍到你」，接著在班上傳開，被嘲笑，隔天在根本還沒告白的情況下突然被甩。有過這種經驗的人，不用針對販賣照片多做說明，應該也能體諒我們吧。才不需要被甩掉的經驗咧。

不管怎樣，擬定表面上的規則，最後祭出責任自負論。有人抱怨的話，就秀出好處轉移他們的注意力，這個由能幹的天然呆與狡猾的人渣想出的計畫，說不定挺管用的。

先不論學生接不接受，大概能用來當作給家長的藉口吧。

這兩個對策都很合理。至少以針對家長不滿部分的對症療法來說，感覺是有意義的。

「原來如此……還不錯。」

「謝謝。」

我仔細盯著白板，讚嘆出聲。雪之下簡短回答。

我是說真的，儘管只有概要，虧她們能在這麼短的時間內想到。

然而，並不是沒有吐槽點。

「有多少勝算？」

我敲敲白板，一色「唔」的一聲瞬間語塞，面露不悅。不過，雪之下連眉毛都沒動一下，冷靜地說：

「還可以。對方的要求考慮到了，也有用來執行計畫的路徑圖。我認為可能性絕對不低。」

「是嗎？全盤接受對方的要求，確實能夠過關……正常情況下的話。」

可惜，我知道事情沒那麼簡單。

這次並非正常情況。

對方在拚命挑毛病，好讓舞會告吹。他們提出要求的目的不在於辦舞會，不在於讓舞會變得更好。再怎麼讓步，都有可能連企劃本身都無法通過。為了解決這個問題，無論如何都還差一步。

這一步是雪之下她們的弱點。

反過來說，我介入的餘地就在於此。

到此為止，我都在觀察雪之下的態度，尋找開口的時機。要講的話就是現在吧。我對一色使了個眼色，她察覺到了，輕輕點頭。

「雪之下，可以借點時間嗎？」

雪之下納悶地看著我。

「……啊，我離開一下。」

一色假裝懂得看氣氛，起身準備離席。雪之下卻制止了她。

「等等。是要講舞會的事吧？那麼一色同學最好也在場。」

「啊……是這樣、嗎。」

她講著意義不明確的話語，斜眼看我。我點頭表示無所謂。一色神情不安，垂頭喪氣坐回椅子上。

我知道雪之下不希望我插手。在這邊面對面交談，應該也是她本來想避免的。因此我能理解她想將一色做為阻隔的心情。同時也是考慮到有其他人在，我會比較難啟齒吧。

既然如此，我也只需要做好覺悟。

「……舞會，我可以幫忙嗎？」

我直截了當地說，雪之下大概嚇到了，睜大眼睛。然後垂下視線，開口想說些什麼。

我立刻打斷她說話。假如只是等待她的答覆，她一定會說出跟之前一樣的話。為了防止她這麼做，我如連珠炮似地說出浮現腦海的理由。

「妳的主意確實不錯，但並不可靠。所以也該準備其他計畫。既然我否定妳的做法，我也會思考其他方案。」

說著，我自己也明白這不是我本來想傳達的意思。可是，若不說點什麼，我會無法呼吸。

「都演變成這個狀況了。我不會特別去做什麼，只是聽妳的指揮行動，把我想成給意見用的牆壁就好。跟指揮一色和其他人沒什麼差吧。以前也比較常這樣。沒有差別。」

雪之下輕咬下唇，默默聽我說話。朝向下方的視線落在她手邊，看不出是生氣或悲傷，感覺像在努力控制情緒。

「……是啊，一定會跟以前一樣。」

「那——」

她打斷我說話，低著頭說：

「結果又會全靠你一個人……」

她的語氣平靜又平穩，卻蘊含讓聽者胸口緊緊揪起的達觀。

雪之下抬起臉，露出無力的微笑。彷彿在勸導無知的幼童，溫柔地慢慢吐出話語。

「所以，我想改變它。姐姐想表達的意思，你明白吧？」

「……嗯。」

我點頭，垂下目光。

不只是我，她也理解「共依存」的意義。

理解，並且不希望如此，試圖矯正錯誤的關係，靠自己的雙腳站立。

我則是連詢問對錯都辦不到，只是說著模糊不清、聽起來很好聽的空話，拘泥於糾纏不清的扭曲關係上。

「可是……我覺得我也該負責。錯又不全在特定一個人身上。」

好不容易把話講完，我抬起頭，與雪之下四目相交。她表情扭曲，默默看向下方，令人不忍卒睹。看到她這樣，我實在不敢再多說。

但現在不說的話，未來肯定不會再說出口。我很清楚自己多難搞，多沒用，多窩囊。

因此，就算不便說不敢說不好說不想說，也只能開口。

「的確，我什麼都不做或許也不會有問題。但這樣無法解決根本上的問題。如果我們之前的做法有錯，就去尋找不同的做法、不同的想法、不同的干涉法……」

我思考著有沒有更好的表達方式，然而理性與自我意識，就是會在這種時候露出獠牙。意義不明的話語在說出口的瞬間得到形體，每說一句，就離真實越來越遠。不曉得是不是因為焦急，我發現自己的手在桌子底下握拳。我鬆開拳頭，把手汗抹在褲子上。

這種話不知道能不能將想法傳達給她。

「然後……不管結果怎麼樣，我都想負起責任。」

這種話，不用傳達給她也無所謂。

「所以……我想……幫助妳。」

只是我自己想說，我自己想傾訴的自我滿足。只是將自己的願望硬加諸在她身上。我自己明白，因此我死都不敢看雪之下，兩眼始終看著其他地方。

「……謝謝你。不過，可以了……這樣就足夠了。」

她的輕聲呢喃如深夜的細雪般平靜，美麗到感覺會立刻消失，擁有一股讓人忍不住轉頭看她的力量。她神情柔和，看見那抹美麗的微笑，我下意識將呼吸與想說的話都吞回口中。

在彷彿會降下白霜的寂靜中，雪之下用纖細的聲音接著說：

「最主要的原因在我身上。我總是依賴你和由比濱同學……才會變成這種不上不下的狀態。不徹底清算的話，誰都無法前進。該負責的人，是我。」

「……不對。我也有責任。」

我擠出一句話，雪之下垂下視線，輕輕搖頭。我咬緊牙關，思考該如何回應她的否定，這時一色插嘴了。

「我說，重點是這個嗎？」

她不耐煩地說，瞪著我和雪之下。

我們都無法回答，望向下方。再繼續講下去，恐怕也無法得出結論，我們的主張永遠不會有交集。正因為知道，我跟雪之下才會選擇沉默，沒有出聲。

結果，沒能順利傳達給她。

不講出來就無法傳達，講出來了依然無法傳達。這一年，我們深深體會到了這一點。以為講出來就能使對方明白，互相理解是傲慢，以為不用講也能使對方明白是幻想。

所以，我們總是猶豫要怎麼說，煩惱該如何表達，隨口就能講出一串無關緊要的話，真正重要的事一句話都說不出口。

不過，想傳達的並非言語。我沒有聰明到能用言語將意圖傳達出去。

既然如此，答案很簡單。

我的——我們的做法早就決定好了。

「好。那我不會再多說什麼。我不會幫妳。」

以我來說，這句話講得真是簡潔明瞭。眼角餘光瞥見一色有點驚訝，輕聲嘆息。雪之下露出像鬆了口氣的淺笑，靜靜點頭。

我知道她的答案。儘管如此，還是忍不住不說，是為了確認。不確定我跟雪之下的立場，就沒辦法繼續。

我揚起嘴角。

「可是，我沒說不會跟妳作對。」

「什麼？」

在旁邊聽的一色歪過頭。

雪之下也不知所措，講不出話。不過，她突然瞇起眼睛，看來是發現我想表達的意思了。

我回以嘲諷的笑，將輕輕握住的拳頭舉到胸前。

「我跟妳意見分歧的時候該怎麼辦，還用問嗎？」

我在跟平塚老師交談時隱約想到的，只有這種方法。

不擅長用講的，就用行動表示。

「我也有扯上一點關係，舞會辦不成會過意不去。但我很難贊成妳的做法……既然這樣，只能自己去做。」

「你認真的？」

雪之下半瞇著眼睛問，我點頭回應。

雖然這個理由很自私，拿來當作我干涉舞會的藉口確實說得過去。

要是在這裡放棄插手，可能會否定我們過去的關係，否定侍奉社的存在方式。

因此，我該去嘗試。嘗試證明那段時間並非共依存。

我認為，證明完畢後才能將我們引導至正確的關係。

「比賽還沒結束。侍奉社沒有要求大家都用同樣的做法。所以，我跟妳採用不同手段也無所謂。不是嗎？」

以前她也對我說過類似的話。她自己也記得吧。雪之下垂下視線，微微咬住嘴脣。既然比賽的架構、基本要點不變，過去她在跟我對立時搬出來的論點，現在應該就還有效。

我等待雪之下回答，她卻沒有給予明確的答覆，只聽見像在煩惱的輕聲嘆息。

「就這樣吧。」

一色瞥了沉默不語的雪之下一眼，嘆著氣說。

「我都可以。只要辦得成舞會，過程怎樣都好。雪乃學姐剛才說的那些也是，如果照學長的方式做就沒問題了吧？」

她的說法有點冷淡，令雪之下無言以對。

一段漫長的沉默。或者該說，這段沉默就是她的回答。想到這裡，我嘆了口氣。果然，就算提到比賽，她也不答應嗎……再怎麼不服輸，雪之下也沒單純到那個地步吧。

不過無論雪之下的答覆是什麼，我的態度都不會改變。

「……哎，我沒有徵求許可的意思。反正我就是自己做自己的。妳只要明白這點就好。」

說起來，這並不是交涉。更正確地說，連交涉的形式都算不上，只是單純的通知、宣言。

聰明的她不可能無法理解。雪之下輕輕嘆了口氣，微微咬住嘴唇，痛苦地閉上眼睛，把手放到嘴邊，陷入思考。

靜寂的空間內，混入她平靜的呼吸聲。不過，跟剛才的沉默種類不同。我感覺出這不是代表拒絕的沉默，而是用來走向下一步的空白。

雪之下的指尖撫上嘴脣，緊閉的雙脣張開。分不清是嘆息還是呢喃的細微聲音，瞬間自口中流瀉而出。

「這樣……」

講出來的話有如混在靜謐中的晚霞，消失不見，或許是她本來連開口的意思都沒有吧。

我傾身打算回問時，雪之下緩慢睜開眼睛。嚴肅的表情放鬆下來，目光恢復平靜。

美麗得宛如結凍的白色火焰，卻又虛無縹緲。那堅毅高潔的模樣，令我下意識屏住氣息。我忘記問她接下來要說什麼，連目光都沒辦法移開。

「在比賽中獲勝的贏家，可以對輸家提出一個要求……這樣就行，對不對？」

淡藍色瞳眸閃爍著伶俐的光。毫無迷惘的筆直眼神看著我，與之前有點像在苦思的表情截然不同。

我也筆直回望雪之下，點頭回答她的疑問。

「嗯，這樣就行。」

我為久違的感覺起了身雞皮疙瘩，過去也有過這樣的對話。以往的氣氛恢復，使我鬆了口氣。

空氣鬆弛下來。

這時，坐在旁邊聽的一色碎碎念道：

「咦，什麼啊？好噁心。」

「喂……」

我用眼神斥責她，一色露出尷尬的模樣，只動動脖子低下頭。

「呃，因為真的有點噁心嘛而且莫名其妙……還有學長你幹麼一臉得意……」

她抱怨了一連串，講得超難聽。這傢伙真的是……我皺起眉頭，聽見一聲輕笑。

「是啊，確實有點噁心。」

轉頭一看，雪之下笑了。總覺得很久沒看見她如花般綻放的開朗笑容。一色看了，也點著頭說「對吧——」。拜她們所賜，緊繃的神經斷開，害我瞬間脫力。

「我說……」

「開玩笑的。不過，那就是開端嘛。」

雪之下稍微清了下喉嚨，收起笑容，眼角卻還帶著笑意。她凝視著我，眼神有點愉快，蘊含挑釁意味。

「我確認一下。我用我的做法，你用你的做法讓舞會成功舉辦。贏家可以命令輸家做一件事，沒問題吧？」

「嗯、嗯……」

我愣愣回應，雪之下滿足地點頭。我半張著嘴，茫然看著她好強的笑容。

雪之下大概是覺得我一直不說話很奇怪，看了我一眼。

「怎麼了嗎？」

「喔，沒有。怎麼說呢，我有點意外妳會答應……對吧？」

我不知道該怎麼表達，下意識望向一色，詢問她的意見。一色卻悶悶不樂地嘆氣，一副「關我什麼事」的態度聳聳肩膀，可能是因為她不知道那場比賽的詳情。

「有什麼好奇怪的。」

雪之下撥開垂在肩膀上的頭髮，若無其事地說。

可是對我而言，這道謎題挺難的。我納悶地歪過頭，雪之下臉上浮現得意的笑容。

「你不知道嗎？我很不服輸的。」

然後露出淘氣的微笑，像在調侃我似的，說出謎題的答案。

那幾乎是告白了。

或者稱之為情侶吵架或鬧分手。

我是無所謂啦，那不重要。

可是，被迫在旁邊聽完這段對話的我跟笨蛋一樣。明明我也在場，卻有種深深體會到自己簡直是個外人的感覺，有點不爽。

自然會想罵一句噁心。

真希望他負起責任。

學長離開後，我又瞪了辦公室的門一眼。

沒想到他有辦法如此完美無缺乾淨俐落地把事情弄得這麼複雜。

好想立刻追上去跟他抱怨。

要是有人用那麼正經的表情對我講那種話，我會很傷腦筋。

那雙眼睛難以分辨到底有沒有睜開，嘴角總是下垂，開口閉口都是抱怨，只會說些不知道是謊言還是開玩笑的話。我稍微逗一下，他就立刻慌掉，反應卻很平淡，又遲鈍。

可是，學長偶爾——超級偶爾——會露出很認真的表情，有夠差勁的。

真的真的，希望他負起責任。

再說，明明從來就沒人要你負責過。

請不要隨便把責任掛在嘴邊，像要它當藉口一樣。

我在聽你說話的時候一直低著頭，知道你沒有看我的臉，不如說看不見。可是，請你看一下氣氛。學長跟雪乃學姐、結衣學姐雖然都很難搞，我也挺難搞的唷。

真的，很難搞。

想到這件事，害我不小心停下好不容易開始工作的手。

動不動就望向時鐘，發著呆思考剛才的事，心裡想著「差不多到回家時間了吧——」。

看了五次時鐘，結果只過了兩分鐘，總共嘆了八次氣。

在我第九次嘆氣時，雪乃學姐從電腦螢幕後面抬起頭，按住眼角。她沒有戴聽說能改善眼睛疲勞的眼鏡，只是將它放在桌子旁邊，點眼藥水做為代替。

擦掉滑落臉頰的水珠的動作，令我心跳漏了一拍，不小心說出不用講也沒差的話。

「那個，差不多該走了吧？」

雪乃學姐依然按著眼角，微微歪頭看向我。表情比平常更嫵媚，我有點害怕。

「……也對。我再待一下，妳可以先回去。」

「是，嗎……」

我看著雪乃學姐以「微笑」形容再適合不過的平靜表情，話講得有點吞吞吐吐。她這麼溫柔，反而害我不好意思回去。我癟起嘴巴，思考該怎麼辦。雪乃學姐一副已經確定我要回去的態度，接著說：

「還有，明天就可以請學生會的人來了。」

「咦？喔，喔……不會太快嗎？今天才剛定好方針耶？」

「具體方案我今天會寫好。而且要辦舞會的話，早點開始準備比較好吧？」

她講得理所當然，面露不解，我瞬間呆住。

「……雪乃學姐很肯定呢。」

「嗯。」

她的回應沒有變。可是，我的臉色大概很不安。雪乃學姐看了，露出有點困擾的表情。

「那個……」

話講到一半，正準備繼續說……最後決定放棄。

這大概，不是該由我說出口的。

雪乃學姐歪頭問我「什麼事？」等待我講完。但是，有資格說出這句話的人大概不是我，所以我微笑著說：

「……請不要太勉強自己。」

「謝謝。我沒問題的。」

講完這句話，她又開始敲鍵盤。白皙臉龐被螢幕照亮，美麗得令人悲傷，感覺真的會像雪一樣消失。

「這就是最後了……這樣就能好好做個了結。」

不像在對我說的呢喃，跟剛才聽見的用微弱聲音說出的話語很像，我低下頭。

急忙整理好外套和書包，趕著離開。再繼續跟變得更溫柔的雪乃學姐講下去，可能會不小心講出多餘的話。

可是，乖乖說出來會讓我覺得有點不甘心，又不公平。

「……那，我先走囉。啊！門就麻煩學姐鎖了。」

「嗯。辛苦了。」

我開朗地說，雪乃學姐回以微笑。然後又盯著螢幕，喀噠喀噠敲起鍵盤。

但是。

這副模樣顯得比之前都還要有精神，幹勁十足，甚至有點愉快。

走出學生會辦公室時，回頭看見的雪乃學姐。

看起來像在哭泣。

3 直到最後，由比濱結衣都會繼續守望。

離開辦公室後，我拖著仍然沉重的雙腳，慢吞吞地走路。漫長的一天導致我身心俱疲。

走出校舍時，天色已暗，夜晚的涼意滲入體內。

迎面吹來的風害我抖了一下，穿上一直抱著的外套。疲憊感慢慢纏上身體，連要特地抬起手臂圍好圍巾都嫌累。以時尚風格來說，就是曾經的貴乃花親方（註9）風。

我下意識地準備走向停車場時，猛然驚覺——對喔，今天早上下雨，所以我是搭電車來的。

我拖著沉重的腳步，無力地走向校門。

註9 日本相撲界的前橫綱，會將圍巾直接掛在脖子上，不圍起來。

途中看見一色伊呂波啪嗟啪嗟跑著，裙襬在空中飄揚。

她好像也看見我。我還沒出聲叫喚，她就小跑步過來，然後用套著連指手套的拳頭，賞了我的側腹軟綿綿的一拳。

「好痛……」

由於手套毛茸茸的，打起來並不痛，但看到一色悶悶不樂，我還是禮貌性哀喊了一聲。不過，她不可能因為這樣就心情好轉，而是冷冷地看著我。

「你是笨蛋嗎？為什麼把事情搞得這麼複雜？」

「呃等一下不是的。又不是只有我的錯妳看雪之下也那樣……」

我試圖辯解，一色卻完全聽不進去，別過頭直接走掉。我慢了一步才跟上去。

「聽我講完好嗎？妳想想，她頑固得要死又超級霹靂難搞對吧。」

「噢，感謝你的自我介紹。」

「不客氣……不對，不是在說我。雖然我也是。」

我邊說邊加快腳步追上一色，但卻完全無法縮短距離。

「妳怎麼走這麼快？是在甩掉賣愛心筆的傢伙？」

「啊，不用了謝謝。」

一色看都不看我一眼，冷淡地低聲回答。

嗯——超級冷漠。喊著「香草——！香草！高收入！」（註10）她大概也不會跟

註10　徵才情報網「香草」的宣傳歌。

來。因此，我決定自己跟著她走。

記得一色也要去前面的車站。儘管她要搭的車跟我不同，我們終究要去同一個車站。

我就這樣踩著她的影子，走了一段時間。

這段期間，我們都沒有開口，只聽見踩在落葉上的聲音、從旁邊輕快駛過的腳踏車鈴聲、呼嘯而過的風聲。

不能怪一色不高興。我跟雪之下不僅談判破裂，還宣言要跟她對立。一色不曉得侍奉社的比賽，自然會覺得莫名其妙。走進學生會辦公室前，她都要我要好好幹了，我卻搞成這樣。真對不起她。

是不是該跟她道歉……在我思考之時，一色忽然停下腳步。公園旁的小路有兩臺自動販賣機，在販賣機的燈光照射下，一色垂下肩膀的模樣看得很清楚。

她長嘆一口氣，接著轉過來。原本悶悶不樂的表情轉趨無奈。她默默指向自動販賣機。

這是要我請客的意思嗎……好吧，這樣就能讓她息怒的話，還挺划算的。不如說，這是願意讓我透過請客和好的暗號吧。妳真是個好人……

我將零錢喀啷喀啷地投進販賣機，選擇飲料。一罐是暖～暖的ＭＡＸ咖啡，第二罐要買什麼呢……奶茶？不對，紅豆湯比較好吧……也有玉米湯這個選項。唉，都可以啦。猶豫不決的時候，一口氣按下所有按鈕就對了。嘿──

我將隨便買來的飲料遞給一色。右手是MAX咖啡，左手是紅豆湯。一色看了，露出嫌惡的表情。

「為什麼是這兩種……」

她嘴上在抱怨，還是勉為其難選擇紅豆湯，大概是不好意思在這種時候拒絕。千葉縣民，意外地不喝MAX咖啡……

一色背對自動販賣機蹲下，脫掉手套，拉開紅豆湯的拉環，喝了一口，然後「呼──」地吐出白煙。

「……那個，對不起。」

「對不起什麼？」

我站到一色的旁邊，也拉開拉環，小口喝著，等待她回答。她一副難以啟齒的樣子癟著嘴，喃喃說道：

「我在想，假如我沒有提到舞會，是不是就不會變成這樣。」

她像在鬧彆扭地說，乖巧的模樣既有趣又可愛，害我忍不住盯著看。一色拉起圍巾遮住嘴巴，口齒不清地問「幹麼啦……」。我苦笑著搖頭。

「……跟妳沒關係。這樣反而剛好。」

「咦？」

一色抬頭看著我，歪過頭。可能是因為我的語氣比想像中更加柔和，不曉得是不是罐裝咖啡的溫度及甜度所致。我覺得莫名害羞，望向空中。

「如果不在某處做個了斷，就會一直拖下去。我們需要一個目的，不如說終點。就算換成別的事，也會演變成這個情況。」

「是這樣嗎……」

無力的聲音令我擔憂，所以我將視線移回她身上，一色抱住雙腿低著頭。似乎在想什麼。可是，她沒必要煩惱。

我跟雪之下和由比濱，侍奉社三個人的關係，不知何時扭曲了。當然，一開始就是扭曲的吧。只是，隨著時間經過，應該逐漸修正，轉變成舒適的空間了。

導致這段關係崩壞的部分責任在我身上。明明不能允許不自然之處，還希望維持現狀，用不清不楚的話語修飾表面，試圖就這樣相處下去。

無論契機為何，如此不穩定的狀態恐怕終將瓦解。而這個契機碰巧正是舞會，或雪之下陽乃罷了。一色可以說是被波及。該道歉的是我。

「我才要說對不起，把事情搞得一團亂。」

聽見我這麼說，一色晃動身體，發出毫無興趣的懶洋洋聲音。

「啊……沒關係啦。」

「哦……」

我也懶洋洋應了一聲，對話暫時中斷。

咖啡在手中逐漸失去溫度。然而，我和一色都在發呆，沒有急著喝光。或許是因為忙碌的一天造成的疲勞湧現了。明天起，想必會更加忙碌。

本以為我跟工作、勞動之類的事無緣，不知不覺卻在積極干預舞會。起初明明是反對的，最後卻輸給一色的熱情。不曉得她的熱情是從哪湧出的。

「……講真的，為什麼妳這麼堅持辦舞會？」

「為什麼突然問這個？」

一色訝異地看過來，迅速跟我稍微拉開距離。

「沒有啦，因為我沒聽妳說過詳細的理由。」

妳的幹勁我倒是感受到了。反過來說，只有感受到幹勁。

雖然我們正是因為對一色有一定程度的了解，才會單憑她的幹勁就願意幫忙。她來社辦找我們時，說自己想當舞會女王，但那不可能是認真的。一色會為了敷衍了事而唬人，會開低能的玩笑，有時也會太過輕浮隨便，不過她這個人莫名地機靈，絕對不會誤判事物的本質。所以，她對於舞會肯定也有相應的理由。

「嗯——」

一色豎起食指，抵著下巴，開始述說。

「這個嘛……果然是因為那個吧，平塚老師要離職。」

「……妳早就知道了嗎？」

「嗯，對呀。我不是要負責致送別詞嗎？在跟老師們商量的時候，無意間聽到的。」

她講得輕描淡寫。這傢伙真厲害。知道了卻沒跟任何人說，不動聲色，偷偷制定舞會的計畫……

我佩服地點頭回應，一色靦腆一笑。

「然後我就想呀，不好好歡送她，好好跟她道別，八成會後悔吧。」

「妳對平塚老師這麼……嗚。」

我反射性摀住嘴巴，忍住不要哭出來。喂喂喂，這傢伙果然是個好人。多麼美麗的師生愛……幾乎天天被平塚老師罵，每次都不把人家放在眼裡只想著怎麼打發掉她、態度超差的一色竟然……平塚老師，您的愛確實傳達給學生了……

我的感動並沒有持續太久，一色悄悄別開視線，嘀咕道：

「啊，呃，哎，沒到那個程度……好吧說不定有啦。」

「咦？啥？妳說什麼？」

聽起來超像藉口妳這樣不行喔。

不過，一色故意「咳咳」清喉嚨掩飾心情，露出可愛的笑容，用蘊含調侃意味的眼神抬頭看著我。

「但學長就是這種類型吧。你感覺就會說著『我什麼都沒做——』後悔到不行。」

「是啦……」

此時此刻，我正懷著這樣的後悔，導致這句話講得很有感情。一色聽了，滿意地點頭。

「我大概也是這種類型。」

這句話令我有點意外，歪過頭。接著，一色露出寂寞的微笑，視線移到遠方。

「別看我這樣，我不是沒朋友嗎？」

「妳覺得自己看起來是怎樣啦……」

「唔。」

「請繼續。」

打斷妳說話對不起喔——我低了兩、三次頭道歉，叫她繼續說。一色冷冷盯著我，吐出一口長氣，望向下方，順便用鞋尖戳腳邊的小石頭，再度緩緩開口。

「我只有學長姐。所以，學長、雪乃學姐、結衣學姐、葉山學長……戶部學長那些閒雜人等也順便，我想好好為大家送別。」

斷斷續續吐露的溫柔聲音，使我不知不覺嘴角失守。喂喂喂，原來我的學妹才是最強的嗎？不參雜一些開玩笑的心情，我可能連眼角都會失守，感動得泛淚。

「哈哈，妳真是個好人耶。」

「我是因為不想後悔。是為了我自己，並不是為了學長。」

一色挺起胸膛，刻意強調。販賣機的光照在晃動的亞麻色髮絲上，微微泛紅的耳朵從底下露出來。我就當沒看見吧。始終堅持一切都是為了自己，這種態度我並不討厭。

「……所以我才想辦舞會。」

一色仰望夜空，似乎在想像著什麼，並且語帶嚮往地喃喃說道。

「像這樣故意去做麻煩的事，花一堆時間思考，煩惱，越來越累，手忙腳亂，開始覺得不甘願，感到厭惡……終於死心。然後大叫一聲『真痛快！』不會想這樣道別嗎？」

一色猛然舉起雙手。看見她清爽燦爛的笑容，我終於明白。

她所說的過程，肯定是我總有一天會踏上的道路。我會像她說的那樣，不堪地掙扎到最後，接受離別吧。

「……嗯，不是不能理解。」

「真的嗎——？」

聽見我的自言自語，一色用半調侃的態度回問。明明像在鬧我，由下往上看過來的視線卻很認真。因此，我也沒有耍嘴皮子，只是回以淡淡的苦笑。

「既然這樣……」

一色抓住我的圍巾，站起身，然後把手繞到後面，有如揮舞彩帶的韻律體操選手，幫我圍了一圈。

「請你認真一點。」

她雖然帶著微笑，斥責我的語氣卻跟剛才的輕浮截然不同。在感覺得到白色吐息的極近距離，被年紀比自己小的女生罵，害我嚇了一跳，瞬間僵住。

「喔，喔。抱歉……」

我以公厘為單位慢慢退後，圍好圍巾。此乃為了遮掩因驚嚇及難為情而變紅的臉頰的忍者風。

一色見狀，嘆了一大口氣，又抓住我的圍巾尾端，開始捲來捲去繞來繞去。

「你不認真一點的話，我們也沒辦法好好做事。這樣真的很讓人頭痛耶。又麻煩，又難搞，還很麻煩。而且又麻煩。」

她勒緊圍巾，胸口附近的部分也扭成一團。圍成冷風灌不進來的完美狀態後，隔著圍巾對我使出貓貓拳。

「好痛……」

多虧毛茸茸的手套與圍好的圍巾，一點都不痛。

不過，確實傳達到了心裡。

× × ×

我打開客廳的燈，小聲說了句「我回來了」。

然而，沒有人回應我，只有冷空氣盤踞在屋內。

雙親還在工作，小町八成是出門。至於愛貓……我掀開暖桌被，發現黑暗中有兩隻「叮叮☆」發光的眼睛，與翻了一圈的小雪四目相交。

不過，小雪只是盯著我的臉，沒有喵也沒有汪，一動也不動，只是用視線表達「很冷耶快點蓋回去」。小町回家的時候，牠明明都會出來迎接，換成我就變成這個

死樣子。難道這傢伙不喜歡我……我感到不安，對牠說「我回來了」，把被子蓋回去。順便打開暖桌的電源。因為家裡沒人時都會關掉……好好暖一下吧……

繼貓主子用的暖桌後，接著換人類用的暖氣了。我按下遙控器打開暖氣，不太暖但也不太冷的風徐徐吹出，這才終於有種活過來的感覺。我解開圍巾，深深吁出一口氣。

若是平常，我會直接癱在家裡無所事事，現在卻沒那個時間。

我迅速脫掉外套，躺在沙發上，開始用手機調查資料。搜尋內容當然是舞會。雖然我說要讓舞會成功，目前只有定好要跟雪之下對立這個方針，具體內容還是一片空白。

必須先調查舞會的資料，尋找我能做什麼。

稍微調查一段時間後，將資料複製進備忘錄，加上我自己的補充，重複這個過程。

可惜，我查到的內容大多跟雪之下她們整理好的相去無幾，所以可說是毫無進展。總覺得就算我有這些資料，也想不出比她們更好的方案。

雪之下她們採用的對症療法並沒有問題，但欠缺穩定性。只要家長或校方搖頭，便得從頭開始。正因如此，必須再想一個不同的進攻方式……嗯——不知道啦~想不出來啦~完全沒靈感~我頭痛得在沙發上滾來滾去。

離畢業典禮只剩兩個星期左右。考慮到所需的籌備時間，思考時間頂多只剩下兩、三天。在那之前得想出企劃案，絕對不能拖過的截稿日就在那裡。

不，等一下。思維該更靈活一點。

……截稿日只是不能拖過，又不是不能延後。對吧？原來有這招啊——讓編輯部的應對方式更靈活嗎——誠可謂神之一手。我是天才吧。

不過，這次可不像之前做過的免費刊物。對手並非編輯，而是日期不能變更的活動。行程更加緊湊。

以狀況來說，可謂相當危急。

觀點，改變觀點。這種時候就是要改變觀點。我直接從沙發上滾下來，蠕動著把臉塞進暖桌。

即使是旁人看來相當詭異的行為，做點怪事比較能想出與眾不同的點子。不能在意他人的眼光。

把臉塞進暖桌後，被昏暗燈光照亮的小雪嚇得要死。牠逃到離我最遠的角落，帶著「這傢伙有病啊……」的表情凝視我。

啊！沒錯！這種時候就該借貓的手！（註11）把貓的肉球壓在眼皮上，可治癒疲勞的雙眼，撫平浮躁的心，小鳥會唱歌，花兒會盛開，世界會充滿和平，機戰傭兵系列會出新作！

我準備伸向小雪的肉球時，牠以超驚人的速度衝出暖桌。

註11　日本諺語「連貓的手都想借」為十分忙碌之意。

我跟著從暖桌探出頭，與面色凝重、杵在那裡的小町對上目光。不曉得她是什麼時候回來的。

「……哥哥，你在幹麼？」

小町冷冷地俯視我。小雪湊到她的腳邊用頭磨蹭。小町蹲下來「嘿咻嘿咻嘿咻～」狂摸小雪。跟對我的態度差了十萬八千里。

「不要穿著制服滾來滾去。去換衣服，不然制服會皺掉還會沾到貓毛。」

「喔、喔……」

我站起來，解開領帶走向房間。

快速換上居家服，回到客廳後，同樣換回便服的小町出現在廚房。

「哥哥，吃飯了沒？」

「啊——還沒。」

「媽媽準備了火鍋。吃火鍋如何？」

「嗯……不如說只有火鍋可以吃吧。」

我也走到廚房，姑且看了一下有沒有其他東西。可惜什麼都沒有，只有爐子上發出咕嘟聲響的土鍋。我不記得最近的晚餐有火鍋以外的東西……夏天的麵線投手與冬天的火鍋投手連日站上投手丘，今年的救援王之爭相當激烈。

雖然已經有點膩，小町一隻手扠腰，揮著湯勺念我。

「有意見就自己煮。」

「嗯，遵命……」

她講得很對，我只能乖乖聽話。這麼忙還願意為我們準備晚餐，感謝爸媽，真尊敬你們。

好吧，跟只會用直球定勝負的麵線比起來，有相撲鍋什錦火鍋雞湯鍋泡菜鍋咖哩鍋最後還有雜炊烏龍麵收尾會用各種變化球的火鍋確實比較好……如果發這樣的文，肯定會有一堆人來回應「只要多下點工夫，麵線也有很多種調理方式喔！」這種我並不想知道的無用建議。閉嘴啦，我們家就是因為輕鬆簡單才煮麵線，吃個麵線還得多下工夫，不就本末倒置了嗎？如果發這樣的文，肯定會有人來回應「真正好吃的麵線直接煮就很好吃。明天請再來一次。我讓你吃吃看所謂『真正好吃的麵線』」這種廢文。閉嘴啦，叫我明天去我就去喔，當我那麼閒啊？這種人大多很愛扯食材的原味之類的，叫人先品嘗原味或配鹽吃。食材魔人、鹽魔人跟高湯魔人真的很煩。

吃東西的時候啊，不應受到任何人打擾，必須自由地——該怎麼說呢，自由地得到救贖。也就是說，跟小町一起吃飯是最完美的吧？哥哥我不是一天到晚都在說嗎？只要有妹妹就好。

因此，我拿出兩個碗，盛好我和小町的份，放到暖桌上。

接著，小町動作例落地端來火鍋。大略整理好桌面，迅速鋪好鍋墊後，她放下火鍋，擺好筷子跟小碗，準備完畢。

小町把火鍋料盛到小碗裡，推到我面前。

「來，哥哥要哪一碗？」

「有差嗎……」

味道都一樣啊……再說，我並沒有那麼滿意吃火鍋喔……儘管如此，我仍然比較起兩碗的料。

一碗白菜較多，另一碗豬肉較多。差別不大。

不過，既然人家要你選，就必須選擇。一色也被我逼著從ＭＡＸ咖啡跟紅豆湯裡選出一罐。

「原來如此……」

我一邊想著，一邊仔細盯著碗，小町一臉疑惑。

「怎麼了？」

「沒有，沒事。」

我端起豬肉較多的那碗，小町則拿走另一碗，合掌開動。

「那麼，小町開動了。」

「嗯，我開動了。」

我跟著複誦，默默吃起來。白菜和豬肉燉得很爛，非常入味。哦——不錯嘛。這樣就夠了啦，這樣就夠。說得極端一點，只要塞肉給男生，他們就不會有怨言。

接著是一陣沉默，遠處的廚房傳來小雪吃飼料的喀哩聲。

「妳今天回來得很早。」

這幾天，我們都沒有一起吃晚餐。上一次大概是為了慶祝小町考上，全家一起舉辦小型慶功宴的時候。小町一下要參加大考的慰勞會，一下要參加慶功宴，跟朋友到處吃到處玩，最近經常晚歸。

小町一面嚼白菜，一面點頭回應我的碎碎念。

「嗯，因為考上後一直在忙嘛。」

「為什麼這麼忙……」

聽我這麼問，小町沉吟著回想，唱起數字歌，扳手指開始計算。

「慰勞會、恭喜會、感恩會、好久不見會、請多指教會……」

「是有多少會啦……」

請多指教會是什麼玩意兒……要跟誰請多指教……哀愁？還是勇氣？得先跟眼淚說再見喔……（註12）

我一頭霧水，小町則神采奕奕地舉起拳頭，咧嘴一笑。

「然後然後，今天因為沒有安排行程，就是哥哥會的日子囉——開玩笑的啦，小町覺得這句話分數挺高的！」

「是啊……」

註12 出自特攝劇《宇宙刑事卡邦》片頭曲的歌詞「卡邦！再見了眼淚。卡邦！勇氣請多指教」。

使用刪去法後決定是哥哥會嗎……嗯，好吧，沒關係。話說回來，這傢伙好厲害，連續好幾天都排滿行程，有隨便找個理由就去喝酒的嗨咖資質。玩這麼瘋不累嗎……感覺精神體力錢包都會透支。

「朋友多真辛苦……」

我喝著湯感慨地說。這種行為我完全模仿不來。可是，小町滿不在乎地回道：

「嗯，除了學校外，補習班、學生會也有一堆認識的人。還有，開學前同學之間就會透過社群網站交流。」

原來如此，參加請多指教會的就是這些人。怎麼回事？入學前就必須交流，難度未免太高了。

「……這樣開學不會很尷尬嗎？開學前明明很要好的樣子，開學後就突然疏遠，在學校見面時也太煎熬了吧？」

小町拿著筷子，突然停下動作，帶著僵硬的笑容與鄙視的眼神看我。

「哥哥講得真難聽……」

「是事實嘛……」

「嗯——好啦，是沒錯……但有什麼辦法，不就是這樣嗎？」

好冷漠～小町 Su～per～冷～漠。瞧妳抱著胳膊沉思，下一秒又露出燦爛笑容，斬釘截鐵地說。妹妹的嘴巴真毒……我對妹妹的未來感到恐懼，開始坐立不安。這時，我又突然想到一件事。

「那個叫大志的也有參加嗎？」

大志是川什麼的弟弟，川崎大志，他同樣考上總武高中。這傢伙疑似對小町有意思。如果大志也有參加那個什麼請多指教會，我得事先驅逐企圖接近小町的害蟲！我懷著有點惡劣的想法問，小町則比我更過分。

「嗯。大概有。」

「好隨便……」

她看都沒看我一眼，邊盛火鍋料邊回答。在她心中，大志是靈長類人科朋友種嗎……這種冷淡的態度，害我都有點同情了……雖然我並不會同情他！

× × ×

我們煮了雜炊為火鍋收尾，整鍋吃得乾乾淨淨，最後撐著肚子，喝飯後茶悠閒地度過。

小町哼著歌，為大腿上的小雪梳毛，我躺著繼續滑手機。

我大致有了模糊的方針，不過依然缺乏具體性。我搜尋了舞會、畢業派對等各種詞彙，始終沒找到派得上用場的資料，只能大嘆一口氣，翻了個身。

這時，我跟坐在斜前方的小町對上目光。小町俏皮地歪過頭，彷彿在問我有什麼事。

看到她，我忽然想到。

「……妳快畢業了，對吧。」

「嗯。」

小町只應了一聲，輕輕點頭回應我的問題。

由於慶祝上榜的氣氛太濃厚，我的注意力都集中在小町要升高中這件事。但在那之前，小町得先經歷國中的畢業典禮。儘管有國高中的區別，她也一樣是要被歡送的畢業生。

我開始思考從她身上得到舞會的靈感，不著痕跡地問：

「說到畢業，那個，要做什麼啊？」

「什麼啦，好怪的問題。」

小町雖然在苦笑，還是望向上方，花時間為我思考。

「畢業啊……啊，小町要去畢業旅行。」

她一副剛想到的樣子。我猛然站起身。

「咦，我怎麼不知道。哥哥呢？」

「呃，哥哥又不能去。小町要跟朋友一起去，不是跟家人。」

小町正經地揮手表示「哪有人會跟哥哥一起去啦」。我差點說出「不不不不怎麼可以在外面過夜，哥哥是不會同意的！」甚至根本已經講到「哥哥是不會同——」但看見小町不屑的眼神，我硬是把話吞回去。

小町也不是小孩了……刻意擺哥哥的架子念東念西也不太好。而且，小町也有判斷能力，應該不會做怪事或靠近危險的地方。小町，哥哥相信妳！我用眼神向她傳達信任。小町瞬間露出不耐煩的表情，垂下肩膀，無奈地嘆氣。

「還有畢業派對之類的。雖然只是跟班上同學一起吃飯。」

「哦……」

我隨口應聲，姑且記在手機的備忘錄裡。

先不論畢業旅行，如果是派對之類的活動，我大概可以想像。大家一起去家庭餐廳或燒肉店吃飯聊天對吧。或是綜合家庭餐廳與烤肉店，去人稱日本第一家的烤肉家庭餐廳「赤門」。因為在千葉長大的人，說到烤肉就只有「赤門」一家……若不是千葉縣民，說到烤肉店大概會回答戰國（註13）。我聽說的啦。

……話說回來，班上的大家真的是大家嗎？這種時候絕對有人沒被邀約（根據我的調查）。我對這方面是很了解的。

因此，問點其他事吧。

「還有沒有什麼活動？」

「什麼？活動？」

聽見我的問題，小町訝異地歪過頭，然後不曉得想到什麼，「噢——」了一聲。

「……啊——三送會挺有活動的感覺吧？我聽說的啦。」

註13 指動畫《烤肉店戰國》。

「三送會……啊，那個三送會嗎？」

這個說法很少聽見，我花了一點時間才理解。所謂的「三送會」，即為三年級送別會。

我翻出國中時期的記憶，除了畢業典禮確實還有這樣的活動，而且全班都被強制參加，還得唱歌。我還想起包含自己在內的男高音部被罵「喂！你們這些男生認真一點！」鋼琴伴奏的女生哭著跑走，折本那群女子中心團體追過去，最後是我被迫道歉……

光是這個部分，就讓我對三送會的記憶超過負荷，完全想不起其他事。

「我記得要唱歌。那首歌叫什麼？好像叫臭橙之歌。」

「離巢之歌。」（註14）

「對，就是它。還有那個吧，『身為萬物之母的大地啊——』的那個。」

「對對對，就那種感覺。不過〈大地讚頌〉是畢業典禮唱的。還有表演可以看喔。」

經她這麼一說，我的腦中冒出驚嘆號，記憶之門突然打開。

「表演……啊——好像有，那個對吧？沐浴在——早春的——光芒下——一、二，我們！」

小町也像輪唱般，跟著我念：

註14「酢橘」與「離巢」同音，常被誤認為臭橙。

「一、二，我們！」

「要畢業了！」

「要畢業了！」

連分成男生和女生，停頓兩拍的部分都完美重現……這愚蠢的行為，令我忍不住對小町微笑。

「……像這樣？」

小町也回以笑容。我們相視而笑，接著小町搖搖頭。

「不，完全不對。」

「咦……那妳還這麼配合……」

不對的話，為什麼不早點阻止我……我帶著怨恨的眼神看她，小町露出無奈的笑。

「那是畢業生致詞耶，而且是小學的。」

「咦？是喔？我真的不記得。因為我只畢業過小學跟國中兩次嘛，沒有太多經驗。」

我姑且在備忘錄裡加上三送會。雖然不認為有多少參考價值，這些筆記是構思用的原案。不曉得會不會讓我想到什麼主意。唱歌、表演、致詞也順便加上去。

做筆記或許可以說是單人腦力激盪。玉繩也教過我啊，說什麼不可以立刻提出結論，結果自己一秒否決我的意見……

我沉浸在懷念的回憶中，緬懷故人，小町不知為何眼眶泛淚，憐憫地看著我。

「對呀……哥哥也還沒從光之美少女跟偶像活動畢業呢……」

「說什麼傻話，那個沒有畢業可言，是一輩子的學習。不繼續看的人不叫畢業，是輟學，輟學好嗎！」

「哥哥，那叫留級啦……」

聽見我的辯解，小町死心地嘆了口氣。

不愧是小町，很了解我。考慮到我這一年根本沒有成長，用留級形容搞不好意外貼切。我不小心發出自虐的陰沉笑聲。

看我這樣，小町不解地歪過頭。但她沒有深究，而是提出其他問題。

「高中不會辦類似三送會的活動嗎？」

「啊——好像沒有。」

至少去年的這個時期，好像還沒這種東西。社團可能會各自舉辦畢業生歡送會，但我沒加入任何社團，所以不怎麼清楚。看來之後該去問一下別人。因此，我在備忘錄上補充「找戶塚聊聊♡」，這樣就ＯＫ囉！

單人腦力激盪的結果，得出還不錯的結論，我感到滿足，從手機螢幕後面抬起臉，看見小町把手放在暖桌上撐著頭。

「這樣啊……好吧，畢竟是高中生，果然不會辦這種活動嗎？」

小町有點遺憾地咕噥道，哼著歌摸起小雪。這首歌我有印象，好像是耳熟能詳的畢業歌。

我聽著有點哀傷的旋律，關閉手機的備忘錄。

「雖然沒有三送會……今年開始會辦舞會喔。」

我打開不久前還在瀏覽的舞會相關網頁，遞出手機。小町探頭一看，感嘆地說：

「哦……哇，好厲害喔。哇，喔～……要辦這個呀？」

她轉頭用閃閃發光的眼睛看我，我的嘴角泛起僵硬的淡淡苦笑，點頭回應。儘管沒有用講的，我向她肯定了會舉辦舞會。

沒有合理的依據。事前準備及時間也都不夠。甚至連要做什麼都不知道。

不過，舞會絕對會成功。

唯有這一點是確定的。

× × ×

睡了一個晚上，還是無法消除疲勞。

昨天我跟小町懶洋洋地窩在暖桌打盹，不知不覺天就黑了。我在半夢半醒間回房倒在床上，睡得不省人事。

回過神時，天已經亮了，再不出門就會遲到。我隨便吃完早餐換好衣服出門上學，還是無法保證能在上課鈴響前趕到。

照理說，小町的睡眠時間跟我一樣，她卻啪啪一下就起床，唰唰一下就整理好儀容，咻咻一下就趁我手忙腳亂時先出門。

這樣看來，我的睡眠時間應該也是足夠的。但我的腦袋依然昏昏沉沉，踩著踏板的腳也跟著沉甸甸的。

大腦跟踏板都無法流暢轉動，只有手錶的指針不停繞圈。

今天開始，必須搞定舞會的問題。

時間所剩無幾，能採取的手段也有限。可是，我連一個具體方案都沒想到。而且我都誇下海口了，有幾個人見到面時會很尷尬。

這麼一想，雙腿變得更加沉重。不過，我費盡九牛二虎之力，勉強騎著腳踏車，總算在預備鈴響的同時穿過側門。

我快步走向大門口，上課時間快到了。那裡擠滿晨練完的學生，和跟我一樣差點遲到的人。

我在其中發現帶點粉色的褐髮。那人著急地加快腳步，背上的背包、長長的圍巾、頭上的丸子隨之晃動。

看到由比濱，我想起昨天分別前的對話，猶豫該不該叫住她。在我猶豫的期間，由比濱走到鞋櫃前，換上室內鞋。

她也看見了我，動作瞬間停住，然後露出微笑，在胸前輕輕對我揮手。

這令我莫名害臊，迅速點了兩、三下頭回應，拉起圍巾，小跑步跑向鞋櫃。

由比濱梳著丸子頭，低聲說道：

「早安。」

「……早。」

我們的目光只交會了一瞬間，我的視線立刻落在扔到腳邊的室內鞋上。在我踩著後跟把腳塞進去時，由比濱也默默在旁邊等我。

我用腳尖踢了幾下地板，表示可以走了。她點點頭，像要帶領我般地走在前面。

「哎呀──好險好險，差點遲到。」

由比濱一邊說，一邊迅速脫掉圍巾，捲起來抱在懷裡，表情及語氣都開朗得一如往常。

因此，我反而覺得很不自然，不知道要回什麼。

理智上明白既然她的態度與平常無異，最好不要過問昨天的事，但我又覺得對此隻字不提很虛偽。我跟從迎面而來的學生擦身而過，等半徑一公尺內沒有任何人後，才壓低音量問她：

「昨天，還好嗎？」

「咦？」

由比濱看著我的臉，面露疑惑，大概是我問得太突然，她不知該做何反應。然而，她很快就意識到我在指什麼，害羞地遮住臉頰。

「啊──嗯。沒事！對不起喔，那個……嘿嘿嘿，好丟臉……我不是說了嗎，這種事常有啦。」

驚慌、害羞、覺得難為情、鬧彆扭，由比濱的表情變來變去，最後露出微笑。我覺得她在暗示這個話題到此為止，也揚起嘴角點頭。即使內心認為八成發生了什麼事，我也沒有幼稚到會去追問，刺激，冷漠以待。雖然稱不上長，經過這段時間的相處，我們似乎越來越擅長尋找彼此之間最舒適的距離及場所。

我們爬上樓梯，由比濱輕快地踏出腳，走在我半步前面的地方。我慢了一拍跟上去。附近沒什麼人，或許是大部分的學生都在上課前進教室了。快走到樓梯口時，由比濱側身回頭看我。

「那你呢？之後怎麼樣了？」

「嗯──發生了很多事。舞會，我決定試試看。」

「這樣呀。」

她像鬆了口氣般笑出來，再度面向前方。我對她的背影點頭回應，張開沉重的嘴。

「所以……妳今天先回去吧。」

我們並沒有約好要一起回家。所以，特地講這種話反而感覺自我意識過剩，噁心到不行。真想狂罵自己一頓「我是在誤會什麼啦」。可是，由比濱默默地點頭。

「嗯。知道了。」

我有點得到救贖，順利將接下來的話說出口。

「不如說，不只今天，會持續一陣子。總之，就是這樣。」

「……嗯，我知道。你要去幫小雪乃嘛。」

由比濱一步步走上樓梯，彷彿要確認自己有沒有踩穩。不久後，踏進我們教室所在的三樓。我隔著半步看著她，解開圍巾，轉動脖子放鬆肌肉。

最好還是跟由比濱說清楚事情經過。先不論能不能得到她的諒解，我希望她知道。

「不是，那個……別說幫忙了，我甚至要跟她對抗。」

「嗯……嗯？什麼？」

一直往前走的由比濱突然停下腳步，迅速轉身。目瞪口呆，用全身傳達「什麼鬼啊……」的心情。反應這麼大反而讓我神清氣爽。不枉我決定將錯就錯。

「呃，妳沒聽錯……誰叫那傢伙真的很頑固。誰要幫她啊？所以我乾脆跟她唱反調。要插手這件事的話，只有這個辦法。」

「……喔，喔。」

由比濱看似無法接受，接著大概是逐漸理解事情經過，原本有點困惑的表情轉為極度困惑。

「怎麼說呢……你有時候真的很笨……」

「正好相反。我有時候超聰明的。」

我一個箭步走到她前面，轉身無意義地挺起胸膛，還擺出帥氣的表情。

「唔——」由比濱看了，低聲沉吟，難以啟齒地詢問：

「你跟她，仔細談過嗎？」

「……談過就能解決嗎？」

言外之意是「這可是我跟雪之下耶」。由比濱似乎意識到我的言外之意，垂下肩膀。

「沒談過啊……」

不愧是由比濱，簡稱不比濱。很懂。

「沒有。所以，只能採用比賽的方式。總而言之，得先把舞會搞定。否則根本沒辦法談……社團活動之類的，唉，之後的事情之後再想。」

我對自己說的話產生疑問。

搞定舞會之後呢？我打算怎麼處理侍奉社這個已經沒在運作的組織？對於我們的未來，又是怎麼想的？

然而，不處理完這件事就無法前進。現在好歹站在起跑點上了，之後只要思考如何解決這個不合常理的難題即可。

想著想著，教室就到了。

由比濱無精打采地走過去，在進教室前停在門口。我回頭看她怎麼了，由比濱低著頭，好像在想事情。

不久後，她抬起臉看我，面色凝重。

「……這件事，我可以幫忙嗎？」

由比濱握緊背包的背帶，眼神毫無動搖，筆直地看著我。抿成一線的嘴脣及大眼，透露出內心的掙扎。

看見這樣的表情，我實在拒絕不了。

Interlude

搞不懂。

坐到位子上的時候，跟大家聊天的時候，上課鈴響的時候，開始上課的時候，我依然不斷思考。

我真的很混亂。以為這樣就行，這樣就能好好結束。所以我還哭了。可是，真的搞不懂。

不過，沒錯。他就是這樣的人。他們就是這樣的人。很聰明，卻笨到不行。

他們一直以來都是這樣，所以不知道還有其他正常的做法。沒有對立、比賽這種理由，就連接近彼此都做不到。

因此，這是藉口。

贏了比賽，就能隨心所欲擺布輸家。

她的願望大概已經決定了。

跟我一樣，跟我相反。跟我類似，卻又截然不同。

想實現她的願望，只有一個方法。

可是，絕對不行。

以哪種形式都好，我絕對要想辦法插手，否則真的會統統毀掉。

……這種說法，一定也是藉口。

還沒抄進筆記的板書已經被擦掉，課本翻到下一頁。

聽不見任何交談聲，粉筆與寫字的聲音，混入了嘆息。

我偷偷瞄向總是在看的位置。

他撐著頭閉上眼睛，靈活地用右手轉筆，頭微微低下，假裝在看課本……不過，今天這樣可能已經算好了。更誇張的時候，他會直接趴到桌上，完全是「我在睡覺」的樣子。每到下課時間，他總是這樣。

我一直看在眼裡。

即使班級不同，即使他沒發現，即使他不知道，即使在我們認識後，即使在感情慢慢變好後，大概也會一直看下去。

所以，再一下就好。

像這樣辯解。像這樣說謊。

努力擠出笑容。

真的是，奸詐又討厭的人。

4 再一次，**比企谷八幡**主動攀談。

放學後的教室充滿喧囂聲。

上課時間，我半夢半醒地想事情，現在暫時停止思考，準備回家。穿上外套，圍好圍巾，背起空空如也的書包，迅速從座位上站起來。

目標是教室後面，窗邊的角落。下課鈴響，同學紛紛離開教室後，那裡仍然聚著一群人。

坐在中間的金色螺旋捲髮女王，翹著修長的雙腿，拉著捲髮，喀喀喀地用指尖滑手機。站在旁邊的是已經收拾好東西的海老名，和背對我的由比濱。以及背對窗戶站著，準備去參加社團活動的葉山跟三笨蛋。

他們還沉浸在下課的解放感中，聊得不亦樂乎。我等等必須打斷他們說話。

老實說，要介入其中真的很痛苦。光靠近就得消耗大量精神，還得主動搭話，真的辦不到。

不過，我是要請由比濱幫忙的人。由我去找她才有禮貌。坐在位子上等由比濱來找我，簡直太窩囊了。要形容的話，跟在錄音的休息時間特地到錄音室大廳，等配音員跟自己搭話的原作者一樣窩囊。

儘管我已經十分相當非常窩囊，窩囊廢也有自己的矜持。因此，我勇敢邁向前方。

一步兩步……三步四步……我像狂言師似的，緩慢走近他們。或許是因為速度太慢，三浦等人沒注意到我，聊起下次出去玩的計畫。如此緩慢的速度，我說不定遲早學得會空中元彌手刀（註15）。

我以公厘為單位逐漸逼近，悄悄繞到由比濱背後，輕咳一聲後說：

「……我差不多要走了，妳呢？」

「啊，嗯。走吧走吧。」

由比濱轉過來，回答得超級乾脆。然後迅速背好背包，對三浦他們揮手。

「那我走囉。」

「好——」

「拜拜。」

三浦懶洋洋點頭回應，海老名笑咪咪地揮手。

註15　狂言師和泉元彌參加摔角比賽時用過的招式。

三笨蛋中的兩笨蛋驚訝地面面相覷，剩下那個笨蛋「咦，啊，咦？」看了我們好幾眼。戶部你真的很煩。

葉山往這邊一瞥，露出莫名溫柔的微笑。

搞什麼啦超害羞的超痛苦的之後絕對會很想死……

轉過身後，我還是有種溫暖的視線刺在身上的感覺，快步走出教室。不忘拉起圍巾遮住臉。

來到走廊上，我終於放慢腳步，速度不輸給我的由比濱走到我旁邊，開口就把我念了一頓。

「你在幹麼啦！不能用正常的方式叫我嗎！用那麼緩慢的速度靠近超恐怖的！我真的嚇了一跳。」

「不，辦不到……我超級緊張……」

剛才的對話把我的精神力消耗殆盡，導致我發出超虛弱的聲音。

由比濱悶悶不樂地嘆了口氣，接著立刻露出無奈的微笑。

我們並肩走在走廊上，來到轉角處。左邊是往特別大樓，右邊是往下的樓梯。

「要去哪？」

「這個嘛……得先決定要做什麼……找個方便說話的地方吧。」

「嗯。薩莉亞之類的？」

「是啊。」

明明有侍奉社辦這個選項，我跟由比濱都沒有提議。八成不是忘記，而是刻意排除在選項外。理由應該不盡相同，不過肯定是類似的。

那裡是有她在才成立的場所。

所以，我們恐怕再也不會踏進那間社辦。

× × ×

我推著腳踏車，從學校走了一段路。

進入站前的薩莉亞，被服務生帶到位子上後，我立刻點了兩人份的飲料吧，然後裝好飲料，用吸管吸著，恢復精神。本來還會順便點米蘭風焗飯、辣味雞翅或香蒜義大利麵，但今天不是來吃飯的，喝幾杯飲料就夠了吧。

我才剛這麼想，由比濱馬上打開菜單。

「肚子餓了——你要點什麼嗎？」

她隔著四人座的桌子，把菜單放到正中央，探出身子，啪啦啪啦地翻來翻去。每翻一頁，我的眼睛就閃一下。請妳住手好嗎？不如說，我吃過午餐了……這時，我突然想到。

「妳的午餐怎麼吃的？」

問出口的瞬間，由比濱停下翻菜單的手，遠離菜單，貼在椅背上。

「……吃得飽飽的……你有意見嗎？」

她超小聲地碎碎念，別開紅通通的臉，偷偷側過身子。感覺得到她想努力藉由側身面對我，讓自己看起來瘦一點……但這樣反而有點突顯出豐滿的部位！我假裝咳嗽，稍微移開視線。

「呃，我不是那個意思。午餐，妳不是會去社辦吃？那妳現在都怎麼辦？」

「啊，是問這個呀……」

由比濱鬆了口氣，把身體轉回來。經過片刻的思考，緩慢開口。

「小雪乃說她這段時間會在學生會吃，順便工作，所以我最近都跟優美子他們一起……放學後也是這種感覺。」

「是嗎。」

我簡短回應，由比濱露出寂寞的微笑點頭，捏著吸管在玻璃杯裡轉圈。

午休時間也是，放學後也是，由比濱和雪之下大多一起度過。此外，雪之下回老家前，由比濱好像也常去她家玩。晚上、假日應該也常在一起。然而，正式決定舉辦舞會後，這種機會似乎少了許多，可能是因為雪之下要專心籌備。

之後會怎麼樣呢？當舞會結束，我們升上三年級後，她們仍能共度同樣的時間嗎？

「……算了，得先辦完舞會才行。」

我像要中斷思緒般這麼說，喝光冰咖啡。牛奶和糖漿都有加，味道卻莫名苦澀。

由比濱也雙手捧著玻璃杯，視線落在其中。她含著吸管，喝一口後用力點頭。

「之後要怎麼做？」

她抬起頭，表情恢復成以往的明朗。託她的福，我也想起平常的行為模式，抓著後頸的頭髮，慢慢講起從昨晚開始思考的事。

「我想了很多，要用一般的方法辦舞會，應該很難成功。畢竟，被駁回過一次的企劃不可能通過。」

之前也提過好幾次企劃，例如文化祭、體育祭、聖誕節活動等等。不過，參考這些經驗去考慮，這次的舞會可以說特別嚴峻。

我們參與過的活動，皆以無論如何都會舉辦為前提進行討論。但這次家長要求的並非改善，而是停辦。

再怎麼修正企劃，只要根本的部分一樣，對方的反應也不會改變吧。

更重要的是，被否定過一次這點，成了最大的限制。

這個企劃可以說已經被印上失敗的烙印。失敗品的形象會一直跟著它，即使之後提出舞會的改善方案，也不一定能得到正當評價。

對舞會本身的負面印象，加上已被否決的事實，將導致家長產生偏見。所以，對症療法的修正方案不可能推翻他們的決定。

我咬著吸管，整理思緒，得出結論。

「……所以，需要灌輸他們新的偏見。」

張著嘴巴聽我說話的由比濱呆呆地說：

「偏見（Bias）……啊！是氣氛（Vibes）？」

「不對。」

那是什麼「我知道了！」的表情啊！還一副「那個的話我有聽過！」的語氣。錯得離譜！偏見並不能被炒熱。看來得跟她說明一下。

「所謂的bias是，啊……偏頗，或者該說偏見……指因為先入為主的觀念，導致特定的思考傾向，吧。我也不是很清楚啦。」

「喔——」

由比濱一面應聲，一面歪頭。從這個反應可看出她根本沒聽懂……好吧，我也沒那麼懂，所以由比濱大概理解就行。

我希望她理解的，是接下來要說的事。

「也就是說，為了給他們灌輸新的偏見，除了雪之下他們籌備的舞會外，要再擬一個新的舞會企劃。」

由比濱愣住了。她看著我的眼神逐漸轉為訝異。

「……為什麼？」

「目前的這個舞會被視為有害的存在。那如果出現一個更有害的東西，會怎麼樣？就會變成『之前那個舞會還不錯嘛』對不對？」

「原來，如此？」

她嘴巴上這麼回答，看起來仍然一頭霧水。嗯——畢竟我的話裡充滿問句……該如何解釋呢……我想到一半，視線停在薩莉亞的菜單上。啪啦啪啦地翻著菜單，攤開最後一頁的甜點。

「……糖分容易讓人發胖，所以冰淇淋和甜點最好少吃。對吧？」

「對，對呀，為什麼突然扯這個……」

由比濱再度往後縮，側身別過頭。

「可是，如果多了一個熱量減半的冰淇淋當新選項，會不會覺得吃了比較沒關係？」

「嗯，可以吃兩個……」

「不對……算了，就是這個意思。」

由比濱的目光被菜單的照片吸引過去，因此我清清喉嚨，回到正題。

「再擬一個用來當棄子的舞會企劃，讓家長覺得必須在兩者之間選一個。提出作廢用的企劃、作廢用的方案，幫助真正的企劃通過。」

目前只有是否採用雪之下他們制定的A案這個選擇。

假如我們提出另一個B案，選擇方就會覺得必須在A、B兩案中擇一。藉此抹消「不予採用」這個選項。

「啊……這樣呀。小雪乃和伊呂波要辦的舞會，就是熱量減半版的意思。」

由比濱頻頻點頭，卻突然停住，迅速抬起臉。

「啊，不過本來說的就是不能辦舞會耶？萬一人家說兩個都不行怎麼辦？」

「這個嘛……」

經她這麼一說，我用力拍了下額頭。

由比濱明確指出這個計畫的漏洞。從她有辦法注意到這點來看，由比濱雖然是笨蛋，本質上卻有聰明的部分。雖然是笨蛋。

這個方法本來要在引誘心存猶豫的人時，才能發揮效果。既然對方已經做出一次選擇，只是叫人家二選一的話，不會太有效。

所以，必須加上新前提。

「……不過，這部分應該沒問題。」

由比濱歪過頭。

「校方也不是想讓舞會停辦，否則不會用自律這個詞。而且，學校一直以來都尊重學生的自主性，還把這點當成校風。」

「說得，也是……以前也辦過各種活動……」

由比濱的語氣有點存疑，但她還是認真地說。

以校風為根據確實不太可靠，但由比濱說得沒錯。我們確實做了不少事，例如聖誕節活動等等。學校沒喊停的話，顯然打算讓學生在一定程度內放手去做。加上平塚老師說過，校方當初並不覺得舞會有多大的問題。

「照理說，學校也要顧面子。把舞會整個搞砸的話，傳出去不好聽。所以校方很可能選擇溫和的手段，站在我們這邊。這就要期待平塚老師的表現了。」

「對呀！」

聽我這麼說，由比濱點了下頭，看起來稍微放心了點。

事實上，平塚老師甚至為我們贏得「自律」這個承諾。既然如此，只要營造出二選一的局面，在校方做決定和與家長交涉時，應該能得到一定的發言與決策權。拜其所賜，關於校方的應對方式，我們可以持樂觀態度。

問題在於交涉對象——家長。想到這點就覺得憂鬱，我下意識地咬起吸管。

「還有家長方……不如說，家長裡聲音特別大的那些人……如果我們表現出願意退讓的意思，把選擇權交給他們，營造出他們自己做出決定的局面，他們就會滿意地收手……」

很多時候，意見多怨言多又愛辯又大聲的人，比起內容，純粹以辯贏對手為樂的情況也不少。所以，只要讓對方覺得「是我決定的，是我改變的，是我讓他們道歉的」，把不滿發洩出來，他們就很有可能得到滿足。

但說實話，我沒有確切證據。

這次換我歪過頭。

「……我是這麼想的，不曉得實際情況會怎樣。」

我嘆著氣，雪之下的母親浮現腦海。

來學校抗議的並非對舞會存疑的部分家長，而是雪之下的母親。這點讓我看見一絲希望。她只是幫忙帶話的，她的發言應該可以視為基於家長會理事之一，或當地有權人士之妻的身分而說的官腔。至少她當初的說法給我這種印象。

不過，該說不愧是雪之下的母親嗎，在那場簡直是辯論的對談中，我徹底被她牽著鼻子走。大概是她也認真起來了。

那個人搞不好很喜歡辯論。一色反駁時，她也接招得很高興。不對，與其說喜歡辯論，更像是喜歡駁倒、制伏對手吧。

若是如此，我不太能確定她會不會乖乖收手。

看來還需要再擬定一個對策對付母之下……討厭，真不想跟那個人扯上關係。小母乃太可怕了啦，我說真的……

無論如何，目前我想不到更多了。

「哎，只能透露出我們硬要舉辦舞會的可能性，巧妙地逼對方選擇更好控制的那一邊。」

我吐掉被咬得又扁又皺的吸管，得出結論。由比濱「喔喔～」地露出佩服的表情。

「聽起來好厲害……自閉男，你去做那種工作啦！處理客訴之類的！超適合你！」

「死都不要……才不適合，我也不會去工作。」

她帶著閃閃發光的眼神誇我，我卻一點都不開心，忍不住發自內心露出厭惡的表情。可是，由比濱依然面帶笑容，笑咪咪的模樣看似有點高興。

不不不，真的不適合喔？再說這種處理客訴的方式，以一家公司員工的身分去做，肯定會把事情鬧更大。這次不過是因為身在學校這個特殊環境，再加上我是學生，才勉強可能管用。

處理客訴的正確方法，根本問都不用問。

沒錯，全扔給上面的人！或是轉給客服中心，讓專業的來。

「我們根本還沒開工呢。真正麻煩的在後頭。」

「意思是……」

我嘆了一大口氣說道，由比濱雙臂環胸，身體傾向前方。我把下巴靠在交握的雙手上，擺出源堂姿勢（註16），正經八百地說：

「棄子企劃必須認真擬定。而且要非常認真，具有可行性。否則連被列入選項的機會都沒有。」

「原，原來如此……」

由比濱微微退後。我像要追上去般探出身子。

「這樣的話，時間跟人力都完全不夠。順便說一下，我們連最根本的預算都沒有。」

「反而想問我們有什麼呢……」

註16《新世紀福音戰士》中碇源堂的招牌姿勢。

她退得更後面，苦笑著說。我露出輕浮的淺笑。

「接下來要為各位介紹的商品在這邊。閒到不行，不用付錢也願意工作的存在……本校的學生。現在可以實質免費用到爽喔。」

「太黑心了！」

由比濱一副快哭出來的模樣，「嗚哇——」地抱住頭。

以現在的情況，不讓我們學校的專業人才工作到過勞，就扭轉不了局勢。此乃總武高中的工作制度改革，高度專業制（註17）……

由比濱垂下肩膀，從瀏海的縫隙間抬起視線瞄我。

「有人會特地幫忙絕對不會通過的企劃嗎？」

「就是說啊……」

我望向天花板。

說得沒錯。若是為了舉辦理想的舞會也就罷了。我不認為有人會想當棄子、飲茶（註18），讓人刷經驗的。只有超級笨蛋或超級濫好人或超級怪咖會幹這種事。

只好放棄用正攻法招募人才了。這樣的話，能用的方法有限。

「講點好話哄哄人家，能找到多少人算多少……只要不造成金錢上的負擔，最後

註17　日本於二〇一八年五月底通過的法案。需要高度專業知識且年收入高於一〇七五萬日圓的職業，工作時間、休息時間等規定不適用於勞基法，也可以不必支付加班費。

註18　漫畫《七龍珠》中的角色，戰鬥力跟其他角色比起來較低。

拚命道歉的話，總會有辦法……」

如果能用下跪解決就太好了。我抱著胳膊思考，聽見努力壓抑住的嘆息聲。

低頭一看，由比濱輕咬下唇，低著頭。不用明講，她想表達的意思也深深傳達到了我心裡。

不該因為臨時想到就隨便講這種話。至今以來，我犯過好幾次這個錯誤。

我吐出一口長氣，叮嚀自己。

「……不，還是講清楚好了。雖然我不覺得能得到其他人的諒解，盡量找感覺可以溝通的人談談看吧。」

「嗯。」

由比濱輕輕點頭，回以微笑。

我一定已經走錯路了。

所以，希望至少不要再做錯選擇。

必須找出不同的做法，而不是跟之前一樣，採用輕鬆省事的手段。

× × ×

聯絡可能答應幫忙的人後，我們在薩莉亞度過一段悠閒的時間。窗外的暮色越來越濃，儘管還要很久才到返家的尖峰時段，站前的行人也變多了。

我聯絡的人回簡訊說會來，我們便在薩莉亞等。這段期間，我跟由比濱迎接有點早的晚餐時間。

由比濱在跟面前的披薩搏鬥，每當她使力一切，都會發出恐怖的聲音。她似乎不太會用鋸齒狀的圓形披薩刀，刀子和盤子激烈碰撞，發出嘰嘰嘰嘎嘎嘎的哀號。

不久後，她好不容易切完披薩，鬆了口氣，將歪七扭八的披薩放到盤子上遞給我。

「來，給你。」

「嗯，謝啦。」

我對披薩的形狀沒有任何意見。人家特地分我吃，哪有資格抱怨。薩莉亞的披薩怎麼吃都很美味。

「要辣椒醬嗎？」

「喔，要要要。謝謝。」

我拿起由比濱放到桌子中間的辣椒醬，滴了兩、三滴，大嚼更加好吃的披薩。吃到一半，加點的焗飯、義大利麵、沙拉送上來了，之後預計還有肉料理。感覺會是一份比想像更豪華的晚餐，得告訴小町今天不回家吃飯……

我按著手機，對面的由比濱把叉子跟湯匙當夾子用，發出喀嚓喀嚓聲。

「要沙拉嗎？」

「一點就好。不要番茄。啊，蝦子都給妳。我吃肉就飽了。」

「真的嗎？太好了！番茄也要吃啦。挑食對身體不好。」

「不不不，番茄會讓我想吐。那東西黏糊糊的不是嗎？我真的無法接受。」

「咦——那就是番茄好吃的地方耶。」

由比濱好像很習慣分沙拉，幫我裝得漂漂亮亮。我向她點頭致謝，接過沙拉，懷著感恩的心送入口中。

唔……番茄黏黏的部分沾到萵苣上了啦……我閉上眼睛一口吞下，幾乎沒有咬。呼，這樣就沒有番茄成分了……我鬆了口氣，睜開眼睛，由比濱撐著臉頰，愉悅地盯著我。

「好像小孩子。」

她調侃似地說著，露出成熟的微笑。我們的年紀明明一樣，她卻用大姐姐般的眼神看我，害我目光游移。

視線每飄動一次，閃著天使光環的亮麗褐髮、水汪汪的大眼、鎖骨的線條、將頭髮勾到耳後的指尖、揚起的嘴角、水嫩的嘴唇、描繪出柔和曲線的修長睫毛、有點泛紅，看起來很柔軟的臉頰就映入眼簾，一切都是那麼令人在意。

「很多大人也討厭番茄啊……」

平塚老師也討厭番茄……我在口中碎碎念，低下頭。該說害羞還是難為情呢……總之，我無法直視由比濱的臉。

我表現出一副「唉～這家店暖氣是不是開太強了？」的態度抬起臉，深深嘆息。

這時，一個熟悉的巨大身軀，抬頭挺胸自遠方走來。只是因為他在門口探頭探腦，才顯得相當可疑。

長大衣、露指手套，還有眼鏡。這身裝扮在這個季節並不奇怪，只是因為他在門口探頭探腦，才顯得相當可疑。那可疑的模樣證明了他是何人——自稱劍豪將軍的材木座義輝。

我向材木座舉手示意，他也注意到我，不安的表情瞬間轉為燦爛笑容，拖著笨重的身軀揮手走過來。這種不小心馴服野生的熊的感覺是怎麼回事……

轉頭望向後方的由比濱拿著東西站起來，走到我的位子旁邊。

「嗯。」

「咦？」

她抱著書包，站在我旁邊，不滿地嘛起嘴，簡短說道：

「坐過去。」

「啊，好……」

我聽她的話挪到裡面，由比濱坐上空出的位子。

為什麼……就這麼討厭材木座可能坐在旁邊嗎？好吧，我也不希望材木座坐我旁邊，所以我懂妳的心情……等等，妳是不是靠太近了！我超級在意超級緊張的啦！

「八幡，叫我出來有何貴幹？」

我偷偷喘了口氣，材木座誇張地「咳噗咳噗」清喉嚨，一屁股坐到我的正對面。

他一如往常的模樣，竟然讓我有種被治癒的感覺。

呼，冷靜多了。呼吸順多了。

「等人到齊再說。這個給你玩，找找看哪裡不一樣。」

我拿出兒童用菜單，遞給材木座。兒童菜單的封面，正反面畫著看似同樣的畫，其實有十個不同。聽說在等待上餐的期間讓小孩玩這個，他們會比較安分。

「唔嗯……這個很難啊。」

材木座接過菜單，馬上開始找不同的地方。隨便應付他一下即可的感覺真好，好輕鬆……這個想法讓我不禁揚起嘴角，隨口說道：

「假如我們到七十歲都還單身，乾脆住進同一家養老院好了。」

「多麼嶄新的求婚方式。搞不好有機會買下單身漢專用的公寓啊。到時就每天一起看動畫打桌遊吧。」

材木座沒有看我，專注在找不同處上，隨口回應。

「天啊……」

旁邊的由比濱小聲驚呼，真的被我們嚇到。

我的手機震動起來。八成是另一個我找的人，戶塚彩加。我拿起手機時，他似乎已經到了。

「八幡。」

不曉得是不是因為在公共場所，他用比平常低一點的聲音叫我。

我望向那邊，戶塚背著網球拍袋走過來。他在平常穿的運動服上加一件防寒用的海軍外套，脖子上是有毛球、孔隙偏大的手工圍巾。衣服有點亂，氣喘吁吁，大概是剛結束社團活動就急忙趕來，臉頰被室外的冷空氣凍得紅通通的。這種不協調感讓我覺得很新鮮，舉手回應他，臉上不知不覺浮現笑容。

下一刻，我的微笑想必扭曲成奇怪的形狀。

熟悉的帶了點藍色的黑馬尾，在戶塚身後搖晃。黑色大衣、黑色格紋圍巾，加上大方露出的長腿，手上卻拎著跟那身裝扮一點都不搭的大購物袋。川什麼的帶著悶悶不樂的冷淡表情，只動了一下脖子跟我點頭致意。我也只動了一下脖子回應。

我立刻跟旁邊的由比濱講起悄悄話。

「我不是說找感覺可以溝通的人嗎？」

「你不也叫了中二過來！」

由比濱音量雖小，卻氣噗噗地抱怨。她拿這點來說，我實在無法反駁。

「嗯，呃，那個，嗯，呃，他確實聽不懂人話……」

……可是，說起來，我啊，幾乎沒有能講話的對象耶？

不過，我找來的戶塚和材木座自不用說，川崎我也認識，跟其他人比起來，確實比較好說話。萬一來的是三浦之類的，我八成一句話都說不出來。

戶塚小步走到材木座旁邊坐下。川崎拉過附近的椅子，坐到上面翹起長腿，側身撐著頭。

「沙希跟小彩，謝謝你們願意過來。要吃些什麼嗎？」

由比濱笑著拿出菜單，戶塚靦腆一笑。

「啊，那就……剛上完社團活動，我也餓了。」

「我不必……飲料就好。」

川崎簡短回答。可能是還要回家煮晚餐。我猜她是在去接妹妹京華的途中過來的，最好別耽誤她太多時間。

等戶塚休息夠後，由我開啟話題吧……對了，只有材木座沒被問要不要吃東西耶？我偷瞄過去，材木座還在盯著兒童菜單。

「唔唔，剩下七個找不到……」

根本沒找到幾個嘛。總共有十個耶。

× × ×

我呆呆看著戶塚捲起義大利麵吃，等他吃飽後，進入正題。

「首先，不好意思，突然找你們出來。感謝大家願意跑這一趟。」

我深深低下頭。這麼慎重地道謝好難為情，我不敢正視那三個人的反應，因此我維持了這個姿勢一段時間。

滿足的哦一聲、溫柔的嗯一聲、困惑的吐息聲，以及高興的輕笑聲傳入耳中。

誰做出什麼樣的反應我大概猜得出來，低著頭一點意義都沒有。

為了掩飾害羞，我故意大聲咳嗽，嚴肅地開口。

「有個遺憾的消息要告訴各位。」

「是。」

材木座多此一舉地坐正，擺出專心聽話的姿勢。戶塚緊張地挺直背脊，川崎還是老樣子，懶洋洋撐著頰。

「你們知道舞會（Prom）是什麼嗎？」

「唔嗯，不知。故現正前去調查。」

材木座開始用手機搜尋。在問人之前先自己調查，這個宅男挺能幹的嘛。要是他問我 Prom 是什麼，我就要嗆他「先自己查查看吧。你面前這臺機器是裝飾品嗎？按幾下就能查到囉？」

他盯著手機，表情因憎惡而扭曲，似乎大略了解舞會是什麼了。

「哦……只為了滿足光明方的承認欲求與及時行樂主義的惡魔活動……讚賞這種東西的人，大多是那種上大學後會拿『我念的高中辦過舞會喔』當社團活動的話題，彷彿自己高中就是愛參加活動的陽光嗨咖，竄改過去的歷史修正主義者……」

材木座用力地把手機放到桌上，戶塚探頭去看，「哦──」地感嘆出聲。川什麼的連一句「讓人家看看嘛」都說不出口，不停偷瞄。

「學校打算舉辦舞會……而我們決定唱反調。」

話剛說出口，材木座就拍了下大腿。

「意即反舞會！」

「……嗯，雖不中亦不遠矣。」

「是嗎！果真是反舞會！」

他搜尋舞會的資料時，查到反舞會這個詞了嗎……討厭，這個人總是一學到新詞就想馬上用用看……面對一個人在那邊大放厥詞的材木座，我的聲音變得非常低沉。

「嗯、嗯……對、對啦，就是，那樣，吧？」

「咦！為什麼？」

一旁的由比濱瞪大眼睛。妳的聲音太大了啦！比我們兩個還大。還有不要轉過來，各種部位會碰到我啦。也不要抓我的手臂搖。

她叫著「怎麼回事？」拚命搖我，我環視周遭。幸好店裡現在人不多，也有不少空位，我們旁邊的四人座正好是空的。得先單獨跟由比濱說明才行……

「對、對不起喔？可以暫停一下嗎？」

我先跟戶塚他們知會一聲。

「唔嗯，准了。」

搞不懂這傢伙在准什麼鬼，不過材木座允許了，我便面對由比濱，然後把手舉到胸前，把她推出去，她也勉為其難地站起來。

我跟著起身，點頭對戶塚和川崎道歉，招手要由比濱到隔壁桌。

由比濱懷疑地看著我坐下，抓住我的肩膀悄悄問：

「什麼意思？不是要辦舞會嗎？」

「沒錯。我是這個打算……只不過，很難開口耶。材木座又那個態度……要在不降低幹勁的情況下解釋有點麻煩。」

我瞥向旁邊，材木座在對戶塚侃侃而談，訴說舞會有多麼邪惡。戶塚巧妙地「嗯嗯嗯」應聲附和，川崎徹底無視他們，看著其他方向。有點像偏僻小酒館中的一景。

由比濱皺起眉頭，小聲責備我：

「咦……可是，不講清楚絕對不行啦。」

「等等會說……但如果發生什麼意外，幫我一下。麻煩了，拜託。」

我輕輕合掌低頭，由比濱心不甘情不願地嘆氣。

「真是……拿你沒辦法。」

她露出半是無奈的笑容，站起來。我也起身坐回原本的位子。

材木座好奇地看著回來的我們，或許是抱怨過後冷靜了一些。我在他的注視下，又清了一次喉嚨。

「嗯……有個遺憾的消息要通知各位。」

「請說。」

材木座再度坐正。

「那個……是要反對舞會沒錯，但不是反舞會。我們要辦舞會。」

「什麼？」

材木座微微歪頭，表情十分嚴肅。戶塚跟川崎的反應也差不多。好吧，不能怪他們。畢竟我講的話確實讓人一頭霧水。在我煩惱該如何說明時，由比濱迅速幫我補充：

「小雪乃和伊呂波計畫辦舞會，可是家長跟學校叫學生自律。我們在想其他辦法。」

「……喔。」

川崎的語氣聽起來對此毫無興趣，卻睜大眼睛，略顯驚訝，可能是因為從未聽說自律這件事。

「雪之下和一色的企劃被家長方駁回過一次。就算提出修正案，也很可能再被打回票。所以我想擬定新舞會的企劃。假如有兩種版本，搞不好可以讓他們決定採用其中一個。」

「這件事，雪之下也知道嗎？」

川崎語氣冷淡，眼神卻透露出擔憂。我輕輕搖頭。

「不，她不知道……不如說，我沒告訴她。抱歉，麻煩別跟其他人說。這個計策的目的被發現的話，就沒意義了。」

聽見我的回答，川崎一臉納悶。戶塚雖然不大，看起來也很疑惑。只有材木座用手指敲著桌子點頭。

「唔嗯，雙重束縛……錯誤前提暗示嗎？提出複數選項逼對方擇一，讓對方根本沒有『不採用』這個選項的心理學技巧……」

「嗯，是有這種說法。」

由於我沒有足以引導家長方做選擇的條件，嚴格來說並不一樣，不過目的大致符合。

戶塚邊聽邊點頭，像在整理似地喃喃說道：

「原來如此。所以才要反對舞會。」

「……嗯。然後，希望大家幫忙想新舞會的計畫……」

之後的部分實在難以啟齒，害我張不開嘴。

在我說不出話的時候，戶塚端正坐姿，直盯著我。他散發出一股類似威嚴的感覺，與平常溫柔的形象截然不同。

「八幡，我要先問清楚喔。否則會和之前一樣，莫名其妙就結束了，我有點不喜歡。」

他講到最後雖然笑了一下，語氣卻十分堅定。我完全沒想過戶塚會有這種感受，啞口無言。不過，我立刻意識到了。我確實總是不跟其他人說，不對，是打從一開始就放棄解釋清楚，擅自畫下句點。在他眼中，這副德行想必很不誠實。

戶塚深呼吸了兩、三次，放鬆心情，下定決心開口：

「八幡，你想怎麼做？」

我沒能理解他的意思，用視線回問。戶塚有點困擾地搔著臉頰補充：

「因為你剛才的感覺，並不像想舉辦舞會，我有點在意……而且，不跟雪之下同學說也有點奇怪。所以我在想，你真正想做的是不是其他事。」

「呃，那是……」

我臨時想出一個答案，正準備開口時，卻被戶塚認真的眼神打斷。

「對不起，大家都在，你可能不方便說。可是，我們也想好好理解八幡。」

我不禁語塞。

坐在對面的大家在看我。有人直盯著我，有人側身朝我瞥過來，有人像受不了這個氣氛般不知所措。

我思考著該說什麼，目光游移，由比濱擔心地凝視我。

「自閉男……」

她的手在桌子底下輕輕握住我的袖口。感覺到這股溫度，我閉上眼睛。

嗯，我明白。這次一定要說清楚。

之前我也拜託過他們。儘管成員不盡相同，狀況是一樣的。當時我隱瞞了一切，只是借別人的理由用，依賴他們的溫柔。

然而，現在不同。就算我再窩囊再沒用，至少要說出不帶謊言的話語。

講不通，也不合理，這番話中未必存在真實。但至少，不是借來或隨口說出的，是我自己的話語。

「說實話，舞會本身怎樣都無所謂……雪之下，想用自己的力量解決問題，所以不希望我幫忙。」

我慢慢睜開眼。

「但就算這樣，我還是……想讓那邊的舞會，順利舉辦。」

我好不容易說完，與笑容滿面的戶塚對上目光。戶塚用力點頭。這時我才終於擺脫勒緊胸口的東西，深深吐出一口氣。

「我想擬定的企劃，是所謂的棄子，只是為了讓真正的目標通過。所以，註定會做白工，如果這樣你們還不介意，麻煩幫我一把。」

我低下頭，等待其他人回應。握住袖口的手捏得更用力了。

沉默很快就被打破。不過，在細微的嘆息聲後，遲遲無人開口。

過沒多久，深深的嘆息傳入耳中。我抬頭望向聲音來源，川崎一臉愧疚。

「抱歉。我得幫雪之下，不能又跑去幫你。做人要講道理。」

她明明一直撐著頭，現在卻把手放到腿上，挺直背脊。乾脆的態度令人著迷。

「……嗯，我明白了。妳去幫雪之下他們反而更好，畢竟那邊的企劃才是重點。麻煩妳了。」

話才剛說出口，川崎就別過頭，快速扔出一句：

「不用你說我也知道……不過，我會為你加油。」

她在最後支支吾吾地補充。面帶微笑看著她的戶塚，接在川崎後面說：

「我也有社團活動要顧，沒辦法全程幫忙……不過，需要人手可以跟我說。網球社的人都會幫忙的。因為我是社長嘛。」

戶塚拍拍胸口，我自然而然露出笑容。

「謝謝，靠你了。」

雖然實質上的工作人員並沒有增加，緊急情況時有個保險，真的很讓人心安。重點是，有可以依賴，不用顧慮那麼多的人是最大的幫助。

我偷偷鬆了口氣，這時，袖口被輕拍了下。無須言語，我也知道這個動作是在對我說「太好了」。我害羞得不好意思看她的臉，只有輕輕點頭回應。

並沒有多了不起的進展。但這樣就稍微前進一些了……我抬起頭，始終沒有說話的材木座發出不曉得是呻吟還是沉吟的聲音。

「呣……」

本以為他在沉思，材木座卻突然站起。川崎跟戶塚識相地起身為他讓路。材木座低頭致謝，揮著手刀從他們面前經過。終於走出來後，背對我再度擺出裝模作樣的姿勢。

「……這時間應該在西千葉LUCKY附近。不對，是沼ACE吧。」（註19）

註19 皆為遊樂中心。

他一邊碎碎念一邊按手機。我和由比濱疑惑地面面相覷。她用視線問「他在幹麼？」我只能默默搖頭回答「不知道」。我只知道他講的是遊樂中心的名稱。但總不能放著他不管，結果我還是開口呼喚他。

「那個，材木座同學？喂喂？」

聽見我的呼喚，材木座手插在口袋，側身轉過來，露出得意的笑。

「……嗯，只能放手一搏了。」

不可思議的是，這個姿勢莫名做作，今天卻顯得有模有樣，使我瞪大眼睛。喂喂喂真的假的帥爆了。

「需要人手是吧？明天空出時間，我再聯絡你。」

他留下這句話，快步離去。我因為莫名的感動而愣在那邊，急忙起身對他的背影說：

「不好意思，得救了。」

材木座停下腳步。

「等待！並心懷希望吧！」（註20）

他掀起長大衣，伸出拳頭高聲吶喊的模樣，映在我眼裡。喂喂喂真的假的別在店裡這樣啦……雖然是很帥沒錯。

註20　手機遊戲《Fate/Grand Order》中巖窟王的名臺詞。

5 不知何時，片尾開始播放。

材木座做出超帥氣宣言的隔天，約定之時終於來臨。

放學後，我望向教室後方的窗邊。待在那裡的一樣是以三浦為中心的團體，由比濱當然也在其中。

我深深吐出一口氣，做好覺悟，從座位上站起來。結果可能太用力了，拉椅子時發出比想像中更大的聲音。由比濱聽見聲音，往我這邊看。不如說，留在教室的人全都在看我。

我因為太羞恥，不僅想走到窗邊，還想撞破玻璃跳下去，躍向後方那片無垠的天空、深邃的湛藍（註21）。豈止是碧藍之海，中庭差點被我染成一片紅海……

然而，這個大糗似乎沒有白出，由比濱「嘿咻」背起書包，對三浦他們揮手，

註21 惡搞自《碧藍之海》。

小碎步走過來。

「要走了嗎？」

「嗯……」

太好了！由比濱主動跟我說話……不過這樣也好害羞喔！八幡是害羞又任性的十七歲！我快步離開教室，彷彿要擺脫教室裡十之八九聚集在我身上的目光。由比濱踩著室內鞋，跟企鵝一樣啪噠啪噠地從後面跟上。

我走在半步前面的地方，來到跟昨天一樣的分歧點。往右是樓梯，往左是特別大樓。由比濱戳了一下我的背。

「今天要做什麼？」

「啊——材木座有聯絡我……」

我拿出手機，確認他指定的地點。

由比濱也在原地跳來跳去，頭東歪西歪，叫我給她看。喂，很礙事耶好可愛真礙眼不要跳別亂動煩死了。現在就給妳看等一下啦……我默默遞出手機。

「看。他說跟其他人約在這裡集合。」

「哦——」

由比濱從我肩膀上面探出頭看手機，眨了兩、三下眼，然後歪過頭，納悶地看著我。

「……中二會叫誰來呀？」

面對她的疑問，我望向窗外的遠方。窗外的天空一片湛藍，萬里無雲。我在這片蒼穹中看見材木座豎起大拇指的幻影，露出與之相襯的苦笑。

「相信他吧……」

「呃，帶著這種表情講這種話，好沒說服力……」

由比濱不安的呢喃，在走廊上迴盪。

× × ×

不久後，我們來到材木座指定的特別大樓。

不是侍奉社所在的四樓，而是下面兩層的二樓。材木座直挺挺地站在二樓一角，看見我們，對我們揮手。

「喔喔，這邊。」

我們照他所說，來到某間教室前。

「這裡是……」

由比濱張大嘴巴，看著那間教室。我也一樣錯愕，猛然想起。

……我來過這裡。記得是遊……遊戲……遊戲人間研究會，簡稱「遊研」。儘管記憶有些模糊，我記得在這裡跟遊戲三人娘一起玩過大富翁。（註22）

註22 惡搞自《遊戲3人娘》，遊戲人間研究會為三位女主角成立的社團。

去。

「有事相求。」

材木座隨便敲完門，沒等人家回應就走進那間空教室。錯愕的我們也急忙跟進

門後是堆積成山的紙箱、書、盒子。如牆壁似地聳立於此，蓋出一座迷宮。類似的場景大概是愛書狂的書齋和街上的玩具店加在一起的感覺。

「這裡是遊戲社……沒錯吧？」

由比濱拉拉我的袖子問。託她的福，我想起來了。沒錯沒錯，遊戲社。確實有這個社團存在。

材木座在我思考的期間走到裡面，消失在書和紙箱堆得最高的地方。

我跟著繞過去，看見兩張併在一起的長桌，以及兩位男學生。

看到我們，兩人推了下眼鏡。

「你好……」

「……好久不見。」

我看過那兩副有點時髦的眼鏡……卻想不起他們的名字。材木座雀躍地擺好折疊椅，在桌上擺好茶和點心。他把我跟由比濱的椅子朝向兩位遊戲社員，自己則站到遊戲社那邊。

「謝、謝謝……」

由比濱一道謝，遊戲社和材木座就說「請坐」，聲音在嘴巴裡糊成一團。她拘謹

地慢慢坐下，我也一屁股坐到椅子上。

「材木座，你說的人手……是這個嗎？」

「唔嗯！這兩位是秦野氏與相模氏！」

材木座用下巴往前方一指，帶著幹勁十足、全神貫注的笑容幫我介紹，不知道在高興什麼。你們什麼時候感情變這麼好……是因為遊戲中心嗎？算了，我對材木座的交友關係毫無興趣，那不重要。問題是相模跟秦野哪個是哪個啊……我盯著他們，依然無法判斷。

「糟糕，劍豪先生說的是真的。」

「不會吧我還以為絕不可能……」

疑似秦野的傢伙，在對疑似相模的傢伙講悄悄話。

從他們的對話內容推測，兩人已經從材木座口中得知事情經過。那就省事多了。

「……就是這樣，我要你們幫忙制定與舞會對抗，又能保證那個舞會能順利舉辦的假舞會企劃。」

我把手肘放到桌上，身體微微前傾，展現出很有幹勁的樣子，彷彿在說「現在開始一起加油吧！」。兩位遊戲社員冷冷看著我。

「這個人是白痴吧。」

「為了這點小事大費周章……腦袋有問題嗎……」

秦野當場傻眼，相模對我表示憐憫。材木座打從心底感到愉悅，甚至得意地挺起胸膛。

「對吧?就是這樣!這正是比企谷八幡!不知為何要用莫名其妙的方法,實在了不得,蠢貨,傻子,愚民!噗呵呵。」

可惡……超不爽的……真想踹翻椅子轉身就走。可是由比濱不停扯我的外套下襬,導致我想走也走不了。

「要認真拜託人家啦……」

我對這種像在安撫小孩的語氣相當沒轍。不過,確實是我要麻煩人家幫忙,所以得盡到禮節,乖乖拜託他們。我嘆了口氣,將不滿與煩躁感拋到腦後,直接低頭。

「我知道這樣講很難聽,但我需要你們當免錢又能盡情使喚的勞力。就想成當奧運志工,放棄抵抗來幫忙吧。」(註23)

「真的很難聽……」

「政客都懂得多少包裝一下……」

不曉得是不是因為我太坦率,秦野跟相模都微微後仰,感到無言。由比濱一副「啊——這樣不行啦」的模樣,著急地揮手幫忙打圓場。

「對、對不起!自閉男就是這樣!他有點……」

這番話雖然沒有打圓場的效果,他們大概也不至於對由比濱太惡劣,所以露出

註23 日本文部科學省與體育廳對全國大學、高等專門學校發出通知,要求校方配合奧運調整上課、考試時間,以方便學生擔任志工,此舉遭到強烈批評。

曖昧不明的假笑。

接著立刻召開眼鏡會議。坐在正中間的眼鏡之一，悄聲詢問隔壁的眼鏡：

「……怎麼辦？」

「唔，我個人是反對的。」

不知為何，坐在另一側的材木座回答了。呃，原來你反對嗎……真正被詢問的眼鏡有氣無力地舉手。

「那個，說起來，我並不想辦舞會啊……」

聽他這麼說，另外兩副眼鏡也點頭附和。

嗯，我懂。我懂你們的心情。我很想這麼說，可惜這次無論如何都不能退讓。材木座，那個材木座，那個社交能力比我還低的材木座，特地找來年紀比較小還曾經看不起自己的人。萬萬不可斬斷如此脆弱的緣分。為了報答材木座高貴的犧牲，得設法說服這兩個人……否則太對不起在九泉之下哭泣的材木座。希望那傢伙至少睡得安詳。

看來得認真起來，誠心誠意說服他們。

我咳了兩聲吸引注意力，語氣異常莊重，卻壓低音量，彷彿在說祕密似地開口。

「……這件事別告訴其他人。其實，學校要我們自律。」

或許是因為這個消息太出乎意料，三副眼鏡交頭接耳起來。搞不懂為何連材木座都露出驚訝的表情。昨天不是跟你說明過了？

算了。在說明的時候，順便加油添醋一番吧。

「反過來說，只是自律而已。舞會可能會強行舉辦……不如說，十之八九會。到時可能會變得像之前的彩排場一樣。」

「呃，就說了，不參加不就行了……」

相模或秦野仍試圖反駁，我點頭表示跟他們有同感，再舉手叫他們等一下。

「不過，且慢。你們想一下。不參加這場舞會代表……成人式跟同學會八成也會不好意思參加。」

沒出席畢業典禮後的聚會跟成人式的人，三十歲的同學會參加率為〇（根據個人調查）。此外，如果這種時候鼓起無謂的勇氣參加，通常有一半左右的人已經結婚，甚至還有已經上小學的小孩。再回頭看看自己，可能導致心靈嚴重受創（根據我家老爸調查）。參加費大多是五千日圓左右，用畫著樋口一葉的鈔票付帳最省事（青梅竹馬調查）（註24）。

然而，他們的反應還是沒變。

「我不會去，所以無所謂……」

「我也有過這麼想的時期。」

我立刻反駁意料中的回應，望向遠方。

「想像一下……」

註24 為樋口一葉的著作，原文Takekurabe與「調查（Shirabe）」最後幾個音相同。

然後像約翰藍儂般開始訴說。

「成人式當天的早上……多年沒和爸爸一起出門的你，穿著前幾天跟他出門購物時，一起買的求職用嶄新西裝……」

「怎麼突然開始講故事……」

由比濱在旁邊無奈地嘆氣，我伸手叫她別吵，繼續講下去。還加上輕輕撫摸外套領口的小動作，在聲音中投入感情。

「然後，媽媽猜你會去跟大家一起喝酒，塞了張一萬元鈔票給你。父母都為兒子的成長感動得熱淚盈眶，特地到門口送你出去……」

我感性地說，最後露出慈祥的老媽微笑，輕輕揮手。材木座他們露出難受的表情。

「嗚，我已經聽不下去……」

不愧是青春期材木座。這輩子只讓母親為他哭過的稀世花花公子低頭閉上嘴巴，大概是出於罪惡感。相模及秦野也沒再說話，或許是想到自己的父母。

正因如此，我也講得越來越投入，乘勝追擊。

「一個小時後，你握著皺巴巴的萬元鈔票，來到遊樂中心，把錢花得精光，在網咖拚命吃冰淇淋，覺得胃冷就喝味噌湯，打發時間。晚上偷偷回家時，家裡明明沒開燈，媽媽卻特地起來，問你玩得開不開心，你支支吾吾地回答『還、還可以啦……』。媽媽聽了，輕輕抹去眼角的淚水說『義輝也已經長大了呢……』」

「我？是我嗎！原來是在說我？」

「劍豪先生，很不好受吧……」

相模跟秦野拍拍材木座的肩膀安慰他。

我無視他們，誇張地說：

「為了避免這種情況發生，我們該學習度過這關的智慧。這場舞會可說是最佳的訓練場。」

「喔喔！」

我如此斷言，三名男性感嘆出聲。我揚起嘴角接著說：

「不過，太高級太熱鬧的舞會難度太高。所以這次要盡量正常點……對自己來說稍微舒適點的溫和舞會累積經驗。」

講完後，三名眼鏡男額頭靠在一起，召開眼鏡會議。

「好像有道理。」

「提到父母我也受不了。」

「實際上，那個人感覺就會成功。」

「對啊。我就是看不爽這一點。他明明不是那種人——」

「喂，劍豪先生，你的臉靠太近了，我受不了。」

「靠那麼近這畫面我看不下去。」

「所以，要怎麼辦？」

「是啊……」

由比濱冷冷看著他們密談，表情明顯流露出疲憊。真對不起她……

不久後，眼鏡高峰會議逐漸得出結論，三個人都認真思考起來。考慮到他們剛開始都直接否定，我的說服算奏效了。

「雖然稱不上回報，我答應明年以後，會辦採納你們的意見、你們也能接受的舞會。我會努力做到這一步。所以，請你們協助我。」

最後再推一把，儘管是稱不上利益的利益，讓他們感覺到自己也會有好處，低頭拜託。

一陣沉默過後，其中一人客氣地詢問。

「那個，方便問一下嗎？明年的意思是，學長你們畢業那年對吧？」

「嗯。所以正確地說，是明年以後。」

我抬起頭，遊戲社的成員之一——從眼鏡形狀來看，是相模吧——相模露出鬧彆扭的表情，嘆著氣說：

「……那我答應。」

「喂喂，你認真的嗎？」

聽見相模的答覆，材木座和秦野紛紛驚呼。相模愁眉苦臉地回答：

「唉，該說是想先避免家人丟人現眼吧……」

「喔？」

這個理由來得意外，我也感到疑惑，等待他說明。相模用哀怨至極的語氣喃喃說道：

「我的姐姐在這種時候絕對會跳出來搶鋒頭。明年也可能發生這種事……既然這樣，我乾脆先插一腳，讓她沒機會出手。」

「哦……」

我一邊聽，一邊仔細觀察相模的臉，才猛然驚覺。經他這麼一說，確實長得幾分相似。由比濱也在旁邊輕輕「啊」了一聲。

「啊，相模，是那個人的弟弟嗎？」

我說出這句話的瞬間，相模皺起眉頭，露出不悅的表情。這樣更像了耶。

「丟人現眼的家人嗎？我明白。明年我妹也要進來就讀，一想到我這個哥哥會不會丟人現眼，害妹妹蒙羞，就慚愧到不行。一想到溫柔的妹妹小小的胸部會不會心痛，就痛苦到不行……」

嗯——好吧，姐姐那副德行確實挺哀傷的。嗯嗯，我懂我懂。

「你擔心的是這個啊……」

我講得熱淚盈眶，由比濱無奈地垂下肩膀。

不過，沒什麼好擔心的！我們都是國中生時，在校內也表現得跟外人一樣！明明頭上都有呆毛！

然而，相模南在意想不到之時派上用場。要是沒有那傢伙，她的弟弟大概不會幫忙。我很感謝，在遇到妳之前所經歷過的一切事情（註25）！

至於另一個眼鏡……我望向終於有辦法分辨的秦野，秦野摘下眼鏡擦拭。

「老實說，我根本無所謂……不過，我也不想在畢業時出糗，或是其他人用一副高高在上的態度同情我……所以我答應幫忙。」

「真的假的？」

我有點高興。秦野卻瞇起眼睛，懷疑地看著我。

「可是，真的有辦法辦成我們也能接受的舞會嗎？」

這個秦野，剛才說的話及眼神都腐爛掉了，感覺還不錯，有前途。我莫名佩服起他，稍微擺出學長架子。

「嗯，沒問題。反正舞會八成會人手不足。明年你們也去當工作人員，自己籌辦就好。就是所謂的DIY。關於這點，我去跟一色下跪，舔她的鞋子，看看能不能談。」

「下跪……連我都對你感到恐懼。」

「舔鞋子比較可怕好嗎！不如說不必做到這個地步，伊呂波也願意聽你說啦……」

我信心十足地說，結果嚇到材木座。由比濱則已經習慣了，被我嚇到後立刻冷靜地將話題拉回來。可是，秦野和相模依然處於驚恐狀態……本以為是因為我，他

註25 漫畫《獵人》中尼特羅的臺詞。

們驚恐的卻是其他部分。

「一色……」

「伊呂波……」

兩人喃喃自語，突然望向對方，接著又突然望向我。

「呃，是那個一色伊呂波嗎？」

「還有其他一色伊呂波嗎？我不知道啦。」

我認識的一色伊呂波只有那個學生會長、足球社經理、全世界最愛賣萌的學妹。我不認為這所學校有跟她同名同姓同波的人。

「爛透了……那女人超可怕……」

「她不是有夜間游泳池年票的臭婊子嗎……男友是ＩＴ企業社長腦袋只想著在ＩＧ晒照的名牌中毒者兼玩咖女王對吧？」

秦野抱頭呻吟，相模無助地看著我。討厭，伊呂波真是的，同學都對妳抱持什麼樣的印象啦？我完全同意。連由比濱都露出苦笑。不過，我好歹是她的學長，為了學妹的名聲，還是得予以糾正。

「沒有啦，雖然大致符合，這部分的傳聞全是假的。那傢伙個性大家都知道，但她人還是不錯喔。」

可惜我的說服毫無意義，相模跟秦野顫抖不已。

「但她都用看垃圾的眼神看我們……」

「不對，她根本沒把我們放在眼裡……我們被當成不存在的人……」

「太可怕了……是小鬼，有小鬼……」（註26）

不知為何，連材木座都在發抖，像在說夢話般喃喃自語。不對，那是小惡魔。

「……那就更應該去做了。你們只是不知道她的優點啦。」

我聳著肩膀說，由比濱也點點頭，然後對我微笑，彷彿在說「你快告訴他們」。因此，我的嘴角也浮現淡淡笑意，挺起胸膛，提高音量，大聲說出我所知道的她──一色伊呂波的優點吧。

同時，我也在心中祈禱，希望多少解除他們的誤解。

「……那些又渣又廢的部分，相處久了會上癮，反而很可愛喔。」

「高手……」

「有道理。」

「可以理解。」

眼鏡社的三位成員紛紛表示讚賞，開啟新一扇真理之門的同志互相擊掌。彷彿在乾杯祝賀，將心意寄託在堅固的羈絆上，希望你得到幸福（註27）。

這時，背脊突然竄上一股寒意。

「你真的很寵伊呂波呢。」

註26《天空之城》中波姆爺爺的臺詞。

註27 日文歌〈乾杯〉的歌詞。

「咦？」

呆毛妖怪雷達豎起，我怕得不敢看旁邊。

× × ×

經過一番波折，我成功拉攏兩位遊戲社員。

雖然不知道能對他們抱有多大的期待，有免費的勞力可用，已經是相當大的幫助。不論有能無能，只要讓他們工作到吐血，肯定能成為強大的戰力。

問題在於之後的部分。

必須先提出另一個方案，引發爭論。

因此，我們也開始制定企劃，與雪之下他們的舞會對抗。

「那麼，現在開始企劃會議。嗯……我們的主旨是，比之前的舞會更鋪張，更高調……」

在沉悶的氣氛中，沒有人接著我說話，只有由比濱空虛的拍手聲，而且過沒多久就消失了。

我發號施令，自己卻毫無頭緒，如同在五里霧中摸索。畢竟除了由比濱，在場的人都對舞會沒興趣。

「總之……有人有想做的事嗎？」

我心想「八成沒有吧……」姑且問問看，不出所料，沒人舉手……不對，有位比濱同學高高舉起手。

「我！我！我——」

「……由比濱同學，請說。」

「我覺得擺攤很不錯！」

「嗯，對啊。」

我沒有反駁也沒有否定，將她的意見寫在白板上。內心的玉繩大前輩在對我說「你知道嗎？所謂的 Brainstorming 是……」。

「有沒有其他……」

「我我我！」

在我開口的同時舉手的，當然是由比濱。

「…………由比濱同學，請說。」

「煙火！我喜歡看也喜歡放！」

「好。」

我專注在附和由比濱上，寫下她的高見。內心的折本在吶喊「我覺得可以！」。

「還有……」

「我！」

「……由比濱。」

「還有營火！很有回憶的感覺！」

「……妳是在發表暑假的回憶嗎？好吧，是可以啦。」

我姑且將她的建議寫到白板上，總覺得越來越像小學生的繪圖日記。我瞇眼投以她冷冷的視線，由比濱梳著丸子頭，別開目光，支支吾吾地辯解：

「……可是，說到開心或喜歡的事，就會想到這些嘛。」

看見她羞紅了臉，連我都覺得難為情。問我在害羞什麼？幾位男生都用快吐出砂糖的表情看過來，我真的受不了。

我用力咳一下，繼續主持會議。

「那其他有意見的人，秦野。」

「我沒意見，而且我本來就不想辦舞會……再說，我為什麼要被迫看這種鬧劇啊可惡。」

秦野咂舌碎碎念，後半段我聽不見喔。給我用丹田發聲，知不知道！

「相模弟，簡單說就是你姐會喜歡的那種。」

「我不想去思考……」

相模弟大概是聽見不想聽的名字，立刻死了心地垂下頭。嗯，我慢慢學會區分了。嘴巴毒態度差勁的是秦野，姐姐差勁的是相模。

那麼剩下的是……我望向材木座，他擺出源堂姿勢，鄭重地低聲說道：

「角色扮演……可行。」

「啊，像萬聖節那樣？感覺不錯耶！」

「呵。」

由比濱開心地回應，材木座發出滿溢悲哀之情的苦笑。嗯——材木座跟由比濱對角色扮演的印象大概不一樣。反正，這個意見並不差。寫一下好了。

然而，看著白板上的紀錄，有種沒打到點的感覺。

「……都沒有特別吸引人耶。」

由比濱提了好幾個意見，再加上之前筆記裡的「唱歌」、「表演」、「致詞」，統統欠缺決定性，讓人產生「那樣真的算舞會嗎」的疑惑。

我獨自歪頭思考，後方傳來秦野與相模參雜冷笑的交談聲。

「只顧著反擊之前的舞會企劃有什麼意義？」

「該去想想那些誰都不去做的事，為什麼沒人去做。」

「你們的意見未免太中肯……」

沒錯，我想起來了。這兩個傢伙是有點會耍嘴皮子的囉嗦宅男。我自己也隱約意識到這個問題，只能「唔唔唔……」無法反駁。

我把白板翻到另一面，恢復全白狀態，轉換心情，抱著胳膊準備重新思考。

「那個——」

我回過頭，由比濱戰戰兢兢地舉著手。

「請說，由比濱同學。」

「說實話，我覺得我們對舞會不怎麼了解，沒辦法想出比小雪乃他們更厲害的主意。」

「……嗯，確實。」

「所以呀，要不要辦更大的活動？不只我們學校，大家都來一起『哇——』的大玩特玩！」

由比濱大大張開雙臂，配合「哇——」的歡呼聲上下擺動。

「……原來如此。」

我跟由比濱都知道學校能動員的極限——也就是容量。要在這個狀態下想出高中生有能力執行的舞會極為困難。知識及常識是很麻煩的東西，一旦理解，思考範圍就會被局限。所以我們想到的內容，不外乎都是文化祭、聖誕節、萬聖節、暑假的回憶的延伸。再說，雪之下他們的舊企劃已經包含一堆要素。若要辦得比他們更豪華，想必會完全變成荒誕無稽的主意。

「……換個方向思考好了。」

煩惱、迷惘、困擾之時，便該先回歸起點。

以這次的案例來說，就是回到「當初為何制定這個計畫」的著眼點。跟雪之下對立也是理由之一，但那並非目的。

目的是舉辦舞會，排除障礙。

也就是說，敵人是家長。

我在白板上寫下「對抗家長」，用指背輕敲。

「就是這個。我們的課題是，如何巧妙地讓部分家長發現我們的計畫，並且巧妙地被他們阻止。」

這樣的話，把目標改成輕鬆擴大規模的辦法，原本的舞會企劃則不做太多更動。最簡單的方式，果然是靠人數吧。像由比濱說的那樣，把其他學校扯進來就不錯。

我想了一下，在白板寫下「千葉海濱區域小中高聯合舞會」。材木座沉吟著歪過頭。

「這種事有可能辦到嗎？」

「不可能。」

「咦……」

我一秒回答，材木座發出困惑的聲音。我搖搖手指，「哼哼」笑道：

「辦不辦得到不是問題。讓對方覺得我們可能做出這種事才是重點。」

這個企劃不能太過荒誕無稽。關鍵在於在哪個部分讓人產生實感。

因此必須把真實──或者說疑似真實的事實混進去。

「總而言之，去跟附近的學校『商量』。創造既定事實，放出情報，引起家長的警戒。」

能否實現無關緊要。先去「商量」、「確認」，避免給出正式的承諾，同時營造出真的要動手去做的感覺。跟動畫企劃一樣。有人提出不代表一定會做。也有宣布要動畫化，卻遲遲不動工的動畫！動畫業界誠可謂修羅之地。

「我之後去問問小町，還有……」

說到這裡，我突然發現再也沒有其他門路……我抱著胳膊思考，由比濱揮手提議：

「海濱綜合呢？之前也一起辦過活動，或許比較好商量。」

「跟他們溝通倒是挺難的……不過，有實際成果能增加可信度。」

要和海濱綜合的學生會長玉繩進行建設性的對話非常困難，但這次並不是真的要辦舞會。只要存在「我們談過好幾次」的事實，裝個樣子即可。考慮到這一點，玉繩在某種意義上來說是最佳人選。畢竟他最擅長內容空洞，只有表面看來煞有其事的會議。

「……其他要怎麼辦？各自去跟自己的國中談談看嗎？」

「哇……不要啦……」

相模明顯很不甘願，秦野毫不掩飾厭惡的表情。至於材木座，他決定裝死到底。嗯——我懂大家的心情！所以，決定不去。

「這部分不必真的去。跟海濱綜合一所學校商量就夠。其他學校就借個名字用吧。」

「借名字，你又要這樣……」

由比濱的視線嚴肅起來。被她這麼一看，我苦笑著改口。

「是我的說法不對……其他學校列為交涉的口袋名單。讓家長誤會繼續放著不管，我們真的可能去交涉就好。」

假舞會的目標是讓家長視為問題，得到重新審視舞會正當性的機會。到時候只要我們棄子班營造出不受控制的印象，對方自然只能消極支持可控制的雪之下他們的方案。

說著，相模弟的表情不知不覺嚴肅起來。

「放出情報的手段……果然是網路嗎？」

「大概吧，網路的CP值最高。」

實際上，舞會惹來批評也是起因於社群網站。反過來說，這也證明那些人會看網路上的資訊。假舞會不需要對其他學生廣為宣傳，只要巧妙地讓部分囉嗦的家長發現即可。所以，宣傳所需的勞力反而比真舞會來得少。可是，也需要視情況思考其他刻意洩漏消息給家長的辦法……不管怎樣，之後再想應該就行了。

目前得先搞定基本事項。

「先創個社群網站的帳號和官網吧……還有團體名稱。」

我在白板寫上「募集名稱中♡」。

為什麼要加愛心……由比濱跟遊戲社都為之譁然。呃，就是想加……只有材木座一點都不在意，納悶地摸著下巴。

「唔，『某某製作委員會』之類的？」

「嗯，就那種感覺。畢竟我們不能也以學生會的名義做事。看要想個很威的名字，還是跟類似學生會的組織借招牌寄生……」

讓這個假舞會增加真實性的最快方式，是得到可信組織的保證。既然不能以學生會的身分行動，我想找個足以與之匹敵，方便虛張聲勢的組織當主幹事或贊助團體。

「學生會以外……啊，社長會之類的。」

由比濱拍了一下手，秦野訝異地看著她。

「那個，社長會有什麼權限嗎？」

「咦？呃，我不知道……不過，聽起來很了不起。」

「……是啊。」

由比濱當場愣住，然後天真無邪地隨口回答，秦野嘴角抽搐，但沒有反駁她，默默退場。看著這一幕，我心想「真不愧是由比濱——」自己在一旁整理思緒。

「社長會不滿意目前的舞會。所以，他們想獨自舉辦各社團的畢業生歡送會……規模一大起來，就會變得跟舞會一樣。」

「喔——原來他們在考慮這種事呀。」

由比濱伸手拿茶點，感嘆道。我輕描淡寫地回答：

「不，我不知道。」

「啊？」

由比濱一臉「你在說什麼啊」的態度張大嘴巴。另一方面，似乎也有人明白我的用意。

「啊——這就是你說的真實性嗎？好會說謊啊……」

「當成動機應該沒問題，畢竟說得通。」

秦野跟相模在驚恐之餘，也不知該如何評論，竊竊私語「這人是白痴吧」，「他的道德觀是不是有問題」。材木座在旁邊點頭附和「正是……」。

「重點在於如何提升我們的可信度。我會用其他理由去跟社長會談，不成問題。」

社長會是以社團互助、管理各社團為目的……我不確定啦，名字給人的感覺是這樣。如果以社長會為主體，能增加我們辦舞會的可信度，那就足夠了。

我將全是鬼扯蛋的內容寫到白板上，鼓勵自己「要努力談妥這些事喔！」

「好，看起來可行。社長會的老大是誰？」

我轉頭詢問，由比濱馬上回答：

「隼人同學。」

「是嗎……明天，我去跟他說說看。」

我大概有猜到……不如說，以前好像有聽說過。可是，不得不跟葉山交涉，害我幹勁直線下降。葉山啊……能不能搞個政變，讓戶塚變成會長……

「那個，企劃主旨我明白了，但內容太空洞，會不會到最後根本沒辦法提出？」

在我心情沉重時，秦野又補了一刀。好哀傷。然而，該做的事還是得做。

「……內容嘛，我會試著掰出有模有樣的東西。總之，可以請你們幫忙做官網，申請社群網站的帳號嗎？要時髦一點。」

「唔嗯，社群網站交給我吧！看我去推特和ＩＧ上複製一堆沒營養的東西！」

材木座立刻有反應，嘴裡念著「複製貼上複製貼上」。秦野不耐煩地看了他一眼。

「嘖，這人馬上搶了輕鬆的工作。」

「好吧，要做網頁是可以……麻煩給我一些時間調查。」

相模打開平板電腦，開始跟秦野商量。

「……你說要做網頁，HTML 嗎？」

「用 Builder 選個版型就行了吧。」

「找個免費軟體用吧。」

「比起那個，網域和伺服器怎麼辦？」

「不知道。先去 Google 一下。」

糟糕，這兩個人好像比我想像的優秀……遇到問題時，知道先自己查資料，這一點相當優秀。不愧是阿宅，很懂嘛。秦野的著眼點不錯，相模弟也和姐姐不一樣，相當認真。這就是所謂的負面教材嗎？真令人感慨。呃，我不是在說材木座沒用。他很努力的樣子，我對他只有感謝，可是……看著材木座，我突然想到。

「對了。材木座，你有數位單眼相機嗎？」

「唔嗯。我覺得有臺單眼很帥，就買了。」

我懂。覺得興趣是攝影的人很酷，基於憧憬買了相機，結果根本沒在用，都拿手機拍照！

「明天帶過來。做網站素材時，最好準備好一點的相機。」

「行。還能借你當時一起買下的入門書。幾乎全新喔。」

這個我也懂。買了那種入門類的書，卻絕對不會翻開……

算了，既然要拍照，就參考看看吧。我拍拍材木座的肩膀。

三人都分配到工作，在我思考自己要做什麼時，由比濱戳戳我的肩膀。

「我呢？」

「妳是……藝術總監。」

「聽起來好酷！」

看她這麼開心，我也忍不住笑出來。

「嗯，用妳那優秀的感性幫忙監督一下，讓網站變成閃亮亮輕飄飄軟綿綿感覺很低能的風格。」

「怎麼這樣說人家！」

由比濱不高興地大喊一聲，鬧了一會兒脾氣後，大概是氣消了吧，歪過頭問：

「那你呢？」

「我負責企劃書和網站設計的原案。預計先找資料搞定提案用的企劃書。」

我迅速整理好東西。遊戲社辦可以做為工作場所，但這裡沒有供我自由使用的電腦，查資料也不太方便。

我從座位上站起來，旁邊的由比濱也跟著準備離開。妳為什麼要走……我對她投以疑惑的眼神，由比濱「嘿咻」一聲背起背包，得意地微笑。

「要想企劃和設計的話，藝術總監也得在場。不是嗎？」

「……是啊。」

我也揚起嘴角點頭，環顧室內。材木座在努力收集社群網站上的情報，相模及秦野熱烈討論著工作方針。嗯，交給他們應該不會有問題。

「……那，之後就麻煩了。」

「辛苦囉！明天見！」

我有點不好意思先離開，小聲道別，與由比濱一同離開社辦。

來到走廊上後，由比濱問我：

「要去哪裡工作？」

「設備齊全的地方……網咖吧。」

「能看ＤＶＤ嗎？」

「嗯。只要借到機器，連藍光都能看。還有冰淇淋吃到飽。」

「這樣呀。那走吧！」

由比濱啪噠啪噠加快腳步，我也快步跟上。

× × ×

我們離開學校後，先來到站前的影音出租店。我在動畫區閒逛時，由比濱快速借好要看的影片，帶去網咖觀看。到這邊為止都還挺順利的。

之後卻在意想不到之處受到了阻礙。

「……座位，要選哪一種？」

「呃，嗯……這、這個嘛……」

這段對話在櫃檯前重複了三次左右。櫃檯店員始終笑咪咪的，然而過了兩分鐘，店員的笑容開始凍結。

「我要工作，所以可以調椅背的躺椅比較好……」

我指著座位的說明書，委婉表示。由比濱也點頭贊成。

「也是。不過要寫企劃書、想設計的話，不覺得邊看電影邊寫更方便？」

由比濱選的雙人座照片，除了電腦還有電視。能邊看影片邊工作，說方便是挺方便的。

「可是電腦沒裝 Office 的話，工作起來不方便……」

做文件類工作時，文書處理軟體是不可或缺的。簡單的文字編輯器不是不能用，但如果要寫企劃書，有 Word、PowerPoint 之類的當然更好。我告訴由比濱，她垂下肩膀。

「是喔——」

我偷偷鬆了口氣。這時，一直默默看著我們的店員微笑著說：

「也有附 Office 的雙人座喔。」

由比濱也笑著跟事到如今才來個神應對的店員道謝。

「啊，這樣呀！謝謝……店員說有。」

她問我「怎麼樣？」好，將軍。我認輸。

「那、那，就這個雙人平躺的……」

我用顫抖著的手指，指向雙人平躺座。

店員露出不輸給暖氣的溫暖笑容，俐落地快速處理好，帶我們入座。眼神同樣溫暖，害我怪難為情的，外套底下的身體不停冒汗。

我並不討厭雙人座。可是，與其說害羞或不知所措，我對於在狹窄的空間中如何自處毫無信心，為此感到困惑罷了。

進入實際約一坪大小的空間後，我依然處於困惑狀態，拿著飲料吧的玻璃杯，不曉得要坐哪裡。

「我也查了一些有舞會風的東西——」

先就座的由比濱準備好借來的ＤＶＤ，按下播放鍵。我則盡量待在角落，打開電腦，喀噠喀噠地開始工作。一面寫企劃書，一面用眼角餘光看由比濱放的影片，看到在意的部分或感覺可以用的地方就記下來。

播放到舞會場景時，由比濱拍拍我的肩膀。

「我們學校沒有這種舞廳之類的建築物吧？啊，不過剛才看的是外面的舞會。」

「舞會應該沒限制要在哪裡辦。不如說，既然有好幾所學校都要參加，不挑在其中的學校舉辦比較可行。」

我記下腦中的想法。由比濱頻頻點頭，不知道是不是在佩服我。

「原來如此──啊，例如得士尼樂園！」

「預算上不現實。」

「知道啦……我只是說說看。」

她嘟著嘴別過頭，捧著熱可可喝。總覺得那個模樣有點可愛，我停下敲鍵盤的手，輕笑出聲。

「不過，得士尼確實有千葉味。」

「我倒覺得普遍會覺得有東京味。」

「那是千葉的東西。」

「你真堅持！」

由比濱掩著嘴角笑出來。

由於這裡是網咖，我們的交談聲比平常小。儘管談論的話題皆為公事，聽起來卻有點像枕邊細語。被隔離出的昏暗空間，使彼此的身影比平常更加清晰。

由比濱把捲成一團的毯子抱在腿上，代替抱枕使用。

「嗯──那三日月龍宮城飯店！」

「超有千葉味，但沒什麼舞會味。」

「不會啦。以前我跟家人一起去過……」

她拿起手機，用手指滑來滑去，大概在找照片。不久後好像找到了，「嘿咻」一聲往這邊挪過來。

「看！」

由比濱秀出的手機畫面上，是她穿著T恤，在臉頰旁邊比V字的自拍照。背景是黑夜中被雷射燈及霓虹燈照亮的游泳池。還有──可惜有點被切到──穿著泳裝，在躺椅上休息的由比濱媽媽。比濱馬麻好年輕……基因的力量真厲害。

啊，不對，重點應該是游泳池，不是那裡。宛如演唱會的超華麗閃亮泳池才是關鍵。我重新觀察背景的泳池。

「這個游泳池是怎樣，好淫穢……根本是夜間游泳池……是在開趴喔……」

「才……才不淫穢！你看！」

由比濱紅著臉，用捲起來的毯子拍打我的腿，然後迅速關閉照片，搜尋龍宮城的官網給我看。

確實，官方網站看起來挺健全的。我首先產生的感想是「很漂亮」、「很好看」。

「以預算來說，比剛才的現實多了……這種活動，在夏天以外的季節也會辦嗎？」

「嗯──大概。」

由比濱點頭，直接讓我看螢幕。上面寫著「全年無休」等等的字樣，好厲害喔龍宮城……超想去的。

「可惜有點遠。我想拍個照片，近一點比較好。」

我靈光一閃，打開寫到一半的企劃書。考慮到網站設計，最好放一張讓人印象深刻的圖片。不過，挑選地點那些的太花時間，我才把這件事延後處理。

由比濱也沉吟思考，聲音中卻混進了哈欠。

「照片啊……啊，海呢？」

「海？哪邊的？」

「學校附近的那個，就在旁邊。」

「那是東京灣耶……」

連千葉灣都不是……度假勝地或工廠夜景也就算了，冬天的海通常不太上相。

然而，由比濱似乎不這麼想。她生氣地用肩膀撞我的肩膀，彷彿要仔細對我說明般，慢慢說道：

「沒關係。不如說，就是要那座海才好。從我們學校不是就看得見？」

「嗯。」

「然後呀，每次傍晚的時候，太陽沉進海裡……看到這個畫面，我都覺得很漂亮，今天也過得很開心。」

她閉上眼睛，作夢似地輕聲呢喃。

儘管沒說那是什麼時候，什麼地方。但是，她所指的一定是那天的夕陽。夕陽沉入海平面前，只有短短一瞬間，充滿夕陽餘暉的那個房間。

我看過好幾次，絕對稱不上特別，隨處可見的黃昏。

太過理所當然，連講過什麼話，看過什麼書都不記得，卻能模模糊糊在腦海描繪出，漫無目的讓時間流逝掉的黃昏。

「還會覺得……」

呢喃聲變得斷斷續續，肩膀上的重量化為實體。

「希望這樣的日子……能永遠持續下去。」

她的聲音小到彷彿要消失不見。經過一段足以讓這句話融化在空氣中的漫長時間，我點了點頭。

「……是啊。」

她沒有回應，或許是因為以對話來說，中間隔了太長的沉默。取而代之的是平穩的呼吸聲，以及肩膀上柔軟的重量。

持續播放的電影，已經進入高潮。

再過不久，就要進入片尾。即使想倒帶回去，也因為沒有看得很仔細，不曉得

該倒回哪裡。

要這樣直接看到最後嗎？

還是要從頭開始？

或者跟之前一樣，繼續裝作沒看見？

還來不及煩惱，片尾就開始播放。

Interlude

我在裝睡。

如果電影永遠不要播完就好了。

如果不要迎接結局就好了。

自臉頰傳來的體溫，比想像中溫暖。他擔心吵醒我，盡量維持不動，有點僵硬的肩膀比想像中更寬廣。

他只伸出另一邊的手，不時喀噠喀噠敲著鍵盤，過沒多久就停下來了，聽見細微的嘆氣聲。

那隻手稍微拉起蓋在腿上的毯子，突然停住。有點癢，害我差點笑出來，只好用呼吸聲掩飾。他將自己的毯子，也蓋到我的肩上。

電影即將播完。

最後播了好長好長的片尾，等到片尾結束，我就必須假裝剛醒來，再說一個謊。

一直裝作沒看見，一直裝作不知道，一直裝作搞不懂。

其實，我明明察覺到了。

就算做這種事，結果也已經成定局。
但我只能這麼做，想不到其他辦法。
只要能在一起，有能讓我們三人一起度過的時間，有能讓我們三人待在一起的地點，這樣就好。為此去做自己做得到的事吧。
其實我全部明白。這樣很奸詐，是藉口，是謊言。
可是，請讓這段時間再持續一下。
我會好好做個了結。
不會去祈禱有什麼萬一的。
不知不覺差點溢出眼眶的淚水，也會忍住的。
所以，拜託。請再給我一些時間，讓我在這個沒人在看的地方哭泣。
所以，拜託。請讓我對自己說的謊言成真。
所以，拜託。請讓我跟她一起好好結束這段關係。
所以，拜託。
不要結束。

6 不為人知地，葉山隼人感到後悔。

與截稿日的戰爭，乃一場不是沒命就是被殺的搏命比賽。

因此，人類要掙扎著活下去，不惜犧牲睡覺時間，為了趕上期限而熬上兩三天的夜，勉強留有一口氣，只受到致命傷。

結果，一堆地方出了毛病。具體上來說，脖子、肩膀、腰部、胃、心與身體，人類的一切（註28）。我的細胞會工作，所以我不工作也沒關係吧（註29）……

我工作到天亮，好不容易搞定企劃書和網站設計的原案，精疲力竭地趕在上課前到校，上午的課也幾乎都用來補眠。

埋頭工作的期間和趴在座位上的期間，可以什麼都不去想，什麼都不去看。

註28「心與身體，人類的一切」為日本公司奧林巴斯的廣告標語。
註29 惡搞自《工作細胞》。

真想繼續沉浸在疲勞中一陣子，任憑睡意襲來，趴在桌上。這樣的話，我在放學後應該能像樣點吧。

最後一堂課是班會，我也是撐著頭打瞌睡度過，身心都在沉睡，到了放學後。

我將書包、外套、圍巾擺到桌上，然後盡情伸展僵硬的肩膀與背，從座位上站起來。

揉著因為睡眠不足而睜不開的眼睛，回頭望向教室後方的窗邊，我總是在看的地方。正在和三浦他們聊天的由比濱發現我，暫時中斷話題，噠噠噠地走過來。

「要走了？」

「嗯……」

我用沙啞的聲音回答，由比濱立刻輕聲哀號。

「天啊，你的臉色好差……」

「真的嗎……」

她從制服口袋拿出鏡子給我看。天啊，真的……臉色差到「唔唔，好亮……我快消失了……」的地步，和殭屍差不多。

本來就長著一副死魚眼，現在因為睡眠不足，雙眼變得更加無神。用手撐著頭的痕跡也清楚印在臉上。

「我去洗一把臉……」

「嗯。我在走廊上等你。」

我走出教室，化身為千葉偶像（註30），出去洗臉。

用冷水洗過臉後，終於提起精神。我在最後拍拍臉頰，模仿進公司第二年的OL吶喊「我要加油！」為自己打氣。

走回教室前，由比濱如剛才所說，在門口等我。

「抱歉，久等了。」

由比濱搖搖頭，表示沒有等很久。她說著「拿去」，將事先幫我拿好的書包、外套等東西遞過來。

「……謝啦。」

我伸手接過，向她道謝，由比濱不曉得在高興什麼，笑著再度搖頭。

前往遊戲社辦的途中，我雖然有跟她聊幾句，大腦裡還是殘留著睡意，我將它連同哈欠一起忍住。

看我這麼睏，由比濱沮喪地說：

「啊，昨天對不起喔……你睡眠不足是因為那個吧……」

「沒關係啦……我反而要謝謝妳幫忙出主意。」

昨天，由比濱不停為自己在網咖睡著道歉。雖然算不上是補償，我送她回家的路上，她提出一堆關於舞會展望和設計的主意。託她的福，我花了一個晚上好不容易趕出企劃書和網站設計的原案。一來一往抵銷，互不相欠。

註30 惡搞自殭屍少女組成偶像團體的動畫《佐賀偶像是傳奇》。

由比濱無須愧疚。不如說，都是因為我打哈欠時沒顧慮到她的感受，才會害她愧疚。我揚起眉頭，表現出神采奕奕的模樣。

「……而且我已經不睏了，沒問題。」

由比濱愣了愣，突然笑出來。

「什麼嘛，好奇怪的臉。」

「臉……」

我有點傷心，不過算了。轉換心情後，我們走進遊戲社辦。

社辦還是一樣亂成一團。我們在雜物之間前進，直到聽見交談聲。

「先用ＰＨＰ遷移網站，控制針對資料庫的存取……不可能啦，我已經看不懂了。」

「再用ＪＳ最佳化腳本，用ＣＳＳ做設計的設定……什麼時候要做好啊？」

秦野和相模你一言，我一語，似乎在討論如何製作網站。他們的表情充滿絕望，看來是自己努力調查過後，被現實擊潰了。

一旁的材木座大概在逛社群網站，臉上帶著邪惡至極的笑容。

我下定決心，要懷著慰勞與感謝好好打招呼，小聲說了句「嗨」。三位男性分別回道「唔嗯，辛苦了」、「辛苦囉」、「安」，一點精神都沒有……好吧，男生打招呼就是這樣嘛！

由比濱接著精力十足地舉手打招呼。

「嗨囉！」

社辦內的空氣瞬間凝結。

「嗨、嗨囉是什麼……」

「慘了，那個人果然也有病……」

……嗯，通常都會有這種反應！不過你們一直竊竊私語，就沒辦法進入正題了。

「別管剛剛那個。有件重要的事跟你們說。」

我直接坐到椅子上，清清喉嚨。秦野等人也挺直背脊，準備好聽我說話。確認所有人都坐好後，我鄭重其事地開口。

「今天開始，本執行委員會的招呼語統一為『嗨囉』，不得有異議。」

「這個人真的是智障……」

「他腦袋果然有問題……」

秦野發自內心感到錯愕，相模發自內心給予我憐憫。

「不、不要啦……我會害羞，所以別這樣……」

由比濱紅著臉低下頭，不停扯我袖子，試圖阻止我。

看見這如同小動物的動作，相模推推眼鏡，秦野拿下眼鏡，用力搓揉眉間，彷彿深受感動。

「……等等，嗨囉其實不錯呢。」

「嗨囉，讚……」

「唔嗯。那麼，再來一次……」

材木座發號施令，眾人一同高呼。

「嗨囉！」

「別這樣。」

由比濱含淚一瞪，語氣超級冰冷。現場鴉雀無聲，大家都冷靜下來後，我重新開口……否則比濱同學會一直生氣！

「那進入正題了。」

我從書包裡取出熱騰騰的網站原案，發給每個人，指著它說：

「網站就放一張圖，加上文字訊息，再嵌入社群網站。頁面不必太精緻，以簡單、時髦為目標。我找到可以參考的網頁，努力抄它的設計吧。素材我之後去找，你們先用臨時素材做，之後再取代掉。」

「……我們的努力到底有什麼意義。這樣用部落格不就行了……」

「不，該高興工作變輕鬆了。再多說小心工作量又增加。」

秦野低聲抱怨，相模抓住他的手臂，叫他無須多言。相模弟，你很懂嘛。這傢伙有當社畜的天分。我反而覺得，一天就查到這麼多資訊的你們比較恐怖。

材木座大概是因為工作與網站設計無關，一個人愜意地翻著原案，「唔嗯唔嗯」地雙臂環胸。

「那麼，企劃書寫得如何？」

「基本上寫好了……但我只有寫給海濱綜合看的版本，你大概看不懂。」

材木座接過我的企劃書，看了一遍，然後歪頭傳給旁邊的人。秦野光看到封面就皺起眉頭。

「……真的看不懂。」

「好像新建案廣告跟商業書摻在一起的爛企劃書……為什麼還要附『周哈里窗』和『馬斯洛需求層次理論』的圖解……」

相模探出頭，翻開秦野扔到桌上的企劃書。看著看著，相模弟開始抱頭呻吟。

所以我不是說了嗎……我懷著厭惡感望向企劃書。封面上用帥氣的字體印著「Blockchain 型 Diversity Inclusion・舞會活動提案～Waterfront 的黃昏海濱……帶給您在終極 Translucent 空間度過的 Serendipity 體驗～」連我自己都搞不懂在寫什麼鬼。

這東西被人看見有點丟臉，我咳了幾聲掩飾害臊。

「……哎，這些是唬人用的。說實話，只要對方上鉤，怎樣都無所謂。」

「竟然會被這種東西釣到，那人是鯔魚還是什麼魚嗎……」

你錯了，秦野。玉繩才不是那種雜食性生物。別把他跟鯔魚、河豚之流相提並論。他反而是超級美食家。他的菁英意識之高，誠可謂無上至尊 OVERLORD（註31）。唯有祭出這招，他才有可能上鉤。

註31 惡搞自輕小說《OVERLORD》。

秦野很快便舉白旗投降，相模弟則不屈不撓地看下去。不久之後，他翻完企劃書，點一下頭。

「不過，內容本身還不錯吧。」

「啊，對吧！」

由比濱有點高興。幾乎在同一時間，相模弟嘴角扭曲。

「是我姐會喜歡的風格……」

他鄙視地說，由比濱頓時呻吟一聲，說不出話。

「唔嗯，光看就反胃的可恨企劃……」

「唯一的救贖是，這東西不會成真。」

材木座用充滿恨意的聲音呻吟道，秦野一副不屑的樣子。

嗯，雖然覺得由比濱有點可憐，能得到這樣的感想，代表企劃案本身應該不差……

開會時提過跟附近國高中、小學聯合舉辦這一點，再加上一堆由比濱靈機一動想到的主意，最後做出精美到連我自己都覺得恐怖的企劃案。

結果關於舞會內容本身，我想不到比雪之下的舊案更豪華的版本，便在舞臺設定上下工夫。

在黃昏的海邊圍著營火，參考湘南（註32）一帶的海灘活動，搭建海之家風格的

註32 日本神奈川縣內，相模灣北部的沿海地區，為著名的海灘度假勝地。

臨時 Live House，在那裡舉辦舞會。就是這樣一個有病——不，酷斃了的活動。我還謹慎地加註「也考慮與三日月龍宮城飯店交涉，做為下雨時的替代場所」。

好可怕，我吹牛的才能好可怕。萬一這個才能順利成長下去，電博（註33）會不會爭相來邀請我去上班？在我不寒而慄時，皺眉看著企劃書——可能是無法接受被當成跟相模姐同等級——的由比濱突然抬起臉。

「海濱綜合這樣應該就行了，可是隼人同學那邊呢？」

「那傢伙……口頭說明大概比較快。」

「哦——」

我不爽地說，由比濱歪過頭，一臉疑惑。不過，沒什麼好疑惑的。最好別以為對那傢伙能耍小聰明。就算我拿著企劃書跟他解釋，他八成也會發現這是棄子。既然這樣，一開始就告訴他這是假企劃更省事。僅此而已。

「那就這樣，麻煩大家了。」

我為會議作結，三人紛紛給予冷淡的回應，各自開始工作。

秦野和相模弟在為網站設計爭論，由比濱邊聽邊點頭。

「咦——那個不可愛。」

「……那個，可不可以講具體一點？」

「呃，就是要更加地，嗯……閃閃發光之類的……」

註33 電通與博報堂，日本的兩大廣告公司。

相模弟客氣地詢問，由比濱提出抽象的意見，秦野和相模弟絞盡腦汁，試圖理解。

我笑著看他們討論，眼角餘光瞥見材木座在找東西。

他將沉甸甸的數位單眼相機放到桌上，還拿出好幾本入門書。

「八幡，你要的相機我帶來了。」

「喔，謝啦。這段時間先借我……教我一下怎麼操作。」

「唔嗯，交給我吧。雖然我也不是很懂，看我指點你一招。」

「呃，這不是你的相機嗎……」

為什麼不會用自己的東西……我一面聽得意地宣稱不懂的材木座講解操作方式，一面沉吟，並仔細閱讀入門書。

這時，不曉得是不是因為閒閒沒事幹，材木座「鏗隆鏗隆」地開始咳嗽。幹麼啦煩死了。我轉動眼珠子看過去，不知為何，他笑咪咪的，不知為何還有點臉紅，別過頭去。

「名字啊，我想到了……」

「啊，是喔……」

又要提根本還沒開始寫的輕小說嗎……我進入左耳進右耳出的狀態，材木座從外套內袋拿出折了兩折的紙。看來是要我看……

沒辦法，我暫時放下手邊的入門書，打開那張紙。映入眼簾的，是用異常漂亮的毛筆字寫的「總舞高中舞會最佳企劃」。咦……這啥東東……我愣了一會兒，然後猛然想起。

「喔。名字啊。」

昨天，我在白板上寫了「募集名字中♥」募集團體名，材木座當真了，還認真地幫忙想了名字。他咳了幾聲，揚起外套下襬。

「正是！這個『最佳』啊……」

「好好好，不用解釋沒關係，我大概知道。」

「是嗎……」

他很明顯地失望下來。八成是想跟我說明「重新考慮」跟「最佳」的同音梗（註34）。嗯，不重要。重要的是適當的簡潔易懂和適當的蠢度。在這方面上，這名字意外地不錯。尤其是同音梗，真的蠢到不行。非常好。

「就這個。謝啦。」

「咦？」

材木座目瞪口呆，大概是因為我同意得太乾脆。我無視他，將紙遞給秦野跟相模。

「團體名決定了，麻煩你們用這個。」

「咦……」

註34 兩者日文同音。

「真的假的……」

兩人臉頰抽搐，發出乾笑。只有探出頭來看的由比濱滿意地表示「不錯嘛！」。

「嗯嗯，這、這樣啊……這麼好嗎……」

終於理解狀況的材木座咳了幾聲掩飾害羞，細細品嘗喜悅的滋味。

實際上，我認為這是個對未來抱持希望的好名字。敬請期待材木座義輝老師的下一部作品！

× × ×

夕陽逐漸西斜，照進遊戲社辦。

其他社團應該也開始準備收拾了吧。

現在已經聽不見金屬球棒的敲擊聲，橄欖球社威猛的呼聲也消失很久。我站起來，從窗戶看向操場，足球社也在收拾善後。

「好，今天差不多到這樣。之後你們看時間自由離開就好。」

我站在窗邊回過頭，他們紛紛發出無力的嘆息，扭動脖子跟肩膀。由比濱也放鬆肩膀，回頭問我：

「要去找隼人同學嗎？」

「嗯。」

我回答後，由比濱拿出手機，準備打電話。

「要先跟他聯絡嗎？」

「也對……啊，不用，沒關係。直接去找他比較確實。」

我思考了一瞬間，改變想法。

電話、簡訊、傳訊軟體等等，以通訊手段來說其實並不確實。這些聯絡工具只要被無視，便無戲可唱。沒看到，在睡覺，手機沒電，手機不見，仔細想想我其實沒在用ＬＩＮＥ，對啦我根本連手機都沒有——諸如此類的情況偶爾會發生。這是根據我的個人經驗。

而且，雖然葉山應該不會無視由比濱的聯絡，萬一他日後改變心意就麻煩了。在時間緊迫的狀況下，我想趁今天把事情搞定。

由比濱似乎明白我的用意，點了點頭。

「這樣呀……但我還是先用ＬＩＮＥ聯絡一下。他回覆的話，我再通知你。」

「好。麻煩了。」

我快速收拾好東西，離開社辦。

走到大門口，前往操場。

主要校舍與特別大樓間的中庭被建築物擋住，天色暗得比其他地方快。東側的主要校舍下的騎樓，自然被特別大樓的陰影籠罩，顯得更加昏暗。

一道人影在黑暗中移動。

我仔細觀察，校舍下面的販賣機前好像有人。往前走了幾步，對方的身影越來越清楚。看來是個女生。

隨著「喀啷」一聲，那個女生蹲了下來，大概是買了什麼飲料。她拿著飲料起身，光澤亮麗的黑色長髮隨風搖蕩。販賣機發出的冰冷白光，照亮雪白小臉上的虛幻微笑。

我不可能看錯。是雪之下雪乃。

雪之下握緊罐子，披好沒有穿上、只是蓋在肩膀的外套，走向中庭，坐到中央的長椅上，看著天空發呆。

街燈照亮彷彿在俯視長椅的冬日枯木，橘色光芒自樹葉落盡的枝頭縫隙間灑下。這幅情景宛如一幅畫，想要一直看下去的心情猛烈地湧出。

可是，不經過這裡就去不了操場，也去不了停車場。因此，我明知會破壞這個完美無缺的世界，依然邁步而出。

對方大概聽見腳步聲，也往我這邊看過來。

「哎呀，比企谷同學。」

「……喔。」

我點頭回應面帶平靜微笑的雪之下。

雪之下正在用飲料罐暖手，看見我來了，急忙將它藏到身後。然而，不管她怎麼藏，我都不可能漏看那獨特的顏色及設計。

「難得看到妳喝這個。」

「……正好能補充糖分。」

我露出嘲諷的微笑，雪之下的臉頰微微泛紅，像要抱住身體般拉好外套，把罐子藏在裡面。妳終於發現MAX咖啡的魅力啦。非常好。

我瞄了操場一眼，看見足球社在整理場地，八成還得再等一下才能逮到葉山。

我用視線問她「可以坐嗎」，雪之下點頭，往旁邊挪動，讓出空位給我。我空出一人份的距離，坐到長椅上。

「在休息？」

「嗯，到外面透透氣。」

雪之下望向校舍。學生會辦公室的燈還亮著。跟沒什麼東西，有點冷清的侍奉社不同。學生會裡有一色擅自帶來的暖氣機，應該還滿溫暖的。

「我懂。室內太溫暖反而讓人腦袋放空。」

我下意識點頭附和。遊戲社可能也因為雜物很多，感覺同樣充滿熱氣。雪之下把手放到嘴邊，笑出聲來。

「哎呀，那你身邊總是開著暖氣嗎？電費令人擔憂。」

「放心吧。其他人看我的視線很冰冷，我藉此維持平衡。」

「真環保的生活方式。」

雪之下聳聳肩說著，我勾起嘴角。

「是啊。冷熱交替，跟三溫暖一樣可以通順身體喔。」

「通順這個詞是這樣用的嗎……」

「不知道。至少大家都說去三溫暖能通順身體。實際上，享受完兩次芬蘭浴後去泡個甘胺酸冷水澡，再來個外氣浴（註35），只能用通順形容。」

「你講話倒是一點都不通順……我一句都聽不懂。」

我的語氣異常熱情，雪之下垂下肩膀。

雪之下無法理解。超級澡堂（註36）是可以能待上一輩子的好地方啊！我偶爾會跟老爸一起去，讓他幫我出錢。有些地方連漫畫都有，比待在漫畫咖啡店更能享受假期，超棒的。三溫暖雖然是大叔的興趣，這年頭正流行拿大叔的興趣當動畫題材。我的肌膚感受到，之後想必會流行女生洗三溫暖的漫畫或動畫。不愧是三溫暖，讓我的肌膚如此光滑敏感……

我在閒聊之餘，偷看雪之下的表情。

她的臉上是短短幾天前，在學生會道別時露出的好強眼神，以及平靜的微笑。對我來說相當熟悉。

彼此間的距離感令我感到懷念，帶著淡淡的苦笑開口。

「狀況如何？」

註35　指讓身體接觸戶外的空氣。

註36　比一般澡堂高級的澡堂，甚至有食堂、理髮店、露天浴池等設備。

雪之下看著我，略顯驚訝，不過又立刻像嘲弄我般笑出來。

「……你竟然會關心別人，真難得。」

「也不是。偵察敵情是必要的。」

我滿不在乎地說，雪之下似乎愣了一下，輕笑著聳肩。

「……說得也是。我這邊滿順利的。手上的工作正在進行中，也跟相關人士商量好了。大概只剩下當天的流程。」

雪之下望向天空，一件一件確認。從她的語氣判斷，應該沒有把自己逼太緊。

「真羨慕……哎，別太勉強了。盡情使喚一色就好。那傢伙有當社畜的才能。」

「用不著你說，我就是這麼打算。」

我半開玩笑地說，雪之下瞇起雙眼，露出精明的笑容。這個人感覺有一半是認真的，好恐怖……

「你那邊呢？」

表情柔和下來的雪之下問我，我隔著圍巾回答：

「還算順利，順利到不用加班。之後還有一件工作要在外面處理，不知何時結束，搞定完就直接回家。剩下在家裡做。」

「只有在出勤時間的管理上很順利呢……」

她頭痛似地按住太陽穴，嘆出一口無奈的氣，然後低下視線，盯著腳邊。

「明明不必那麼勉強。」

我微微點頭，回應這句小聲到感覺會與白色氣息一同消失的呢喃，沉默片刻，在這段時間思考該說什麼。

「……我一直都在勉強。對我來說，這樣才正常。」

「是嗎……」

雪之下彷彿在咀嚼這句話般，點一下頭，沒再說話。

取而代之的是，她把手伸進外套，掏出一個東西給我。

「不介意的話……」

那是她剛才買的ＭＡＸ咖啡。我伸手接過，上面還殘留著溫度。或許是因為她沒有打開，一直放在內袋。

「喔，謝謝。咦，怎麼了？」

「你不是還有工作？我只是出來休息。回去再喝點什麼就好。」

雪之下說完，便準備起身。

我輕輕用手勢制止她，換成我站起來。

「等我一下……啊，妳要喝什麼？」

我從口袋裡取出零錢，弄得鏗鏘鏗鏘響。雪之下搖頭婉拒。

「不必了。當成慰勞品收下吧。」

「不，我沒道理白拿妳東西。如果是探班用的慰勞品，我也要回禮才符合禮節。一樣的可以嗎？反正我本來就打算買ＭＡＸ咖啡。」

我講了一長串，雪之下有點不高興，板起臉盯著我。然而，大概是感受到我堅定的意志，她吐出一口氣表示死心，臉上綻放笑容。

「專門講一些歪理……」

她無奈地笑道，坐回椅子上，微微歪頭，抬頭看著我。

「……那就一樣的。」

我用一句「知道了」回答她的微笑，小跑步買完飲料，很快就回來了。我有點喘氣，遞出還熱呼呼的ＭＡＸ咖啡。

「小心燙。」

雪之下稍微拉長毛衣袖子，小心翼翼地接過。

「謝謝……」

她輕聲跟我道謝，我搖頭回應，也坐回長椅上，打開她給我的ＭＡＸ咖啡。微微冒出的熱氣，在橘色光芒的照耀下，從頂端開始融進風中。喝下一口，甜味在口中擴散，全身都溫暖起來。

我小口小口喝著，雪之下則捧著罐子暖手。

彼此都沒有說話，任時間流逝。有時正想跟對方搭話，或是對方想跟自己搭話，傳出口中的卻只有嘆息，並未形成言語。

這種連細微的呼吸都聽得見，連在暗處的小動作都看得見的距離感，令人懷念。

結果，我們之間始終沒有對話，沉浸在默默的時間裡。這時，突然參雜進其他聲音。是從我的口袋傳來的。我將手伸向大腿感覺到的震動，有人打電話給我。

「抱歉，接個電話。」

我跟雪之下知會一聲，她輕輕搖頭，叫我不必介意。我點頭拿出手機，螢幕上的來電者是由比濱。在我準備按下通話鍵的瞬間，手機停止震動。

怎麼回事？正當我納悶時，聽見鞋跟摩擦地面的聲音。雪之下比我更快轉頭面向那裡。

「由比濱同學，晚安。」

「嗯……嗨囉，小雪乃。」

由比濱也壓低音量，回應雪之下平靜的問候，在胸前輕輕揮手，慢步走向長椅。被街燈照亮的由比濱，已經穿上外套、毛巾，背著背包，準備好回家。

「……怎麼了？葉山回妳了嗎？」

「嗯，他說如果你不介意邊吃邊談，可以抽出時間……所以我才打電話給你。」

由比濱揮動手機回答我。既然已經跟對方說好，我也沒必要繼續等。要邊吃邊談的話，八成會約在車站一帶會合。

我喝光剩下的咖啡，站起來。

「工作？」

「嗯。」

雪之下抬頭問我，我表示肯定。她跟著確認時間，把MAX咖啡收進口袋，從椅子上起身。

「我也回去工作了。」

「等等。」

由比濱在雪之下與她擦身而過時，抓住她的手。或許是出於訝異，雪之下僵在原地，對由比濱投以困惑的視線。

被雪之下默默盯著看，由比濱有點害羞，用另一隻手撥弄頭上的丸子。

「總，總覺得，我們很久沒見。好奇怪喔，明明只有幾天而已。」

「是啊……我一直在工作，沒有空閒時間。」

由比濱靦腆一笑，雪之下也回以柔和的笑容。看見那抹微笑，由比濱垂下目光。

「不對，不是的……妳是不是在躲我？」

她抬起臉，像在觀察雪之下的反應般，謹慎地詢問。雪之下露出驚訝的表情，略為加強語氣。

「妳誤會了，沒這回事。純粹是因為準備舞會和校方要求，很多事要做……」

她越說越激動，音量越來越小，視線越垂越低。最後，聲音徹底消失，轉為憂鬱的嘆息。雪之下輕咬下脣，低下頭，由比濱無力地道歉。

「嗯，也是。對不起……」

兩人就這樣陷入沉默。

我煩惱著是不是該說些什麼，最後想不到適當的話，只好閉上嘴巴。

「……對了。」

由比濱忽然抬起臉，握住雪之下的雙手。雪之下似乎嚇了一跳，同樣抬起臉。

「我在幫自閉男的忙。」

出人意料的發言，令我瞬間語塞。

「……妳沒，告訴她嗎？」

我支支吾吾地說。她看起來像是會用ＬＩＮＥ等工具，跟雪之下保持聯繫的人，我還以為肯定已經跟她提過。這該由我先告訴她的。氣氛一陣尷尬，我因為讓由比濱說出來而後悔不已。

雪之下看了我一眼，搖搖頭，叫我別放在心上。她重新面向由比濱，回握她的手，溫柔地說：

「沒關係，我明白的。」

「……妳不明白。」

由比濱的表情因悲傷而扭曲。

「我想好好處理。等這件事結束……就好好處理……所以，小雪乃的願望不會實現。」

她凝視雪之下的雙眼，誠懇地說出一字一句。雪之下彷彿要確認由比濱已經把話說完，點了一次頭。

「……這樣啊。我，希望妳的願望能實現。」

她的微笑不帶憂愁，只有真摯的祈禱。

由比濱依然愁眉苦臉，淺淺呼吸了兩、三次，用彷彿想傳達什麼的眼神看著雪之下。

「……妳知道我的願望是什麼嗎？真的知道？」

「嗯。因為，我想大概跟我一樣。」

雪之下回答得毫不猶豫。慈祥的微笑透出明確的友情，清澈的眼中沒有一絲迷惘。

「是嗎……那就好。」

由比濱深深吐氣，放開雪之下的手，遠離一步。雪之下帶著淺笑，注視由比濱的手無力垂下的模樣。

「那我先走了。」

她這麼說，握住空下來的那隻手。我用眼神回應雪之下，由比濱仍低著頭。

雪之下困擾地嘆了口氣，然後背對我們。平底皮鞋踩在鋪了磚頭的石頭地上，腳步聲於中庭迴盪，一步又一步遠去。

我目送她離開，輕聲嘆息。可是，盤踞在內心深處的沉重情緒，完全沒有減輕。

「差不多該走了。」

我對杵在原地的由比濱說。我不認為講這句話是對的，但我沒有其他該說的話。真的很沒用。

她用幾不可聞的聲音「嗯」了一聲，卻沒有要移動的樣子。

雪之下走進校舍暗處，如夢似幻的背影即將融化，腳步聲顯得格外高亢。

在聲音消失前，由比濱猛然抬頭，飛奔而出。

慢步而行的雪之下聽見腳步聲，回過頭。

由比濱立刻撲過去，用力抱緊她。

雪之下發出驚訝與困惑的聲音，踉蹌了一下，披在肩上的外套差點滑落。由比濱連同外套將她擁入懷中，把臉埋進雪之下單薄的肩膀。

「辦完舞會，就能一起吃午餐了。還有，我要再去妳家住。春假一起去得士尼樂園玩，再來我家過夜。等到四月……」

她用顫抖著的聲音滔滔不絕地說，吸了一下鼻子，然後像要換氣似地抬起頭，展露微笑。

「四月要做什麼呢？我有好多想跟妳一起做的事。一起吃飯、一起逛街、一起做岩盤浴，什麼都好，總之有很多，多到得花好幾年，好幾十年才做得完。」

雪之下的眼眸映出街燈淡淡的橘光。她張開握住的手，戰戰兢兢伸向由比濱的肩膀，慎重地觸碰。就這樣把額頭抵在上面，彷彿要藏住自己的表情。

「那……真的很多。有辦法做完嗎？」

「可以的。我們會一直在一起，直到做完這些事……所以，不用擔心。」

被她緊緊抱住，雪之下發出困惑的聲音。不過，由比濱沒有理會，又抱得更緊了些。

「知道了嗎？」

她用臉頰輕觸雪之下的脖子，宛如在跟她撒嬌。雪之下扭動身軀，大概是覺得癢。

「嗯，知道了。我知道了……」

「真的知道了？」

「嗯，所以……稍微，放開……」

她嘴巴上這麼說，卻沒有硬推開由比濱。每當兩人間的距離拉開，由比濱又會靠過去。看著她們，我嘆出一口短促的氣。

我們還是老樣子，有夠不會表達。以為自己說了，以為自己知道，以為自己明白，累積到現在，感覺卻沒有任何成長。

我和她都知道，其實有更簡單的方法。

可是，我不覺得那是正確的。

因此，希望至少不要搞錯。

我懷著祈禱的心情，凝視兩人。

×　×　×

目送雪之下回學生會後，我跟由比濱動身前往車站。

隨著太陽下山，氣溫逐漸下降，我們在住宅區穿梭前進，避開迎面而來的冷風。我推著腳踏車，輪胎的嘎吱聲響混入寒風的呼嘯聲中消失。

途中，由比濱不停和我聊天，卻不提她剛才跟雪之下的對話。感覺像刻意的。我意識到這是由比濱的貼心之舉，也沒有觸及這個話題。

話題自然轉往其他方向。

「足球社練到好晚喔。」

「嗯，對啊。今天特別晚。」

我們學校的操場不算大，卻得提供足球社、棒球社、橄欖球社、田徑社使用。大家總是互相禮讓，所以沒有固定的活動範圍和時間，全由各社團自行協調。

聽我這麼說，由比濱呆呆地「咦——」了一聲。

「哦——你好了解喔。」

「沒有啊，還好吧……」

這句話明明沒什麼深意，不知為何有種我對足球社很有興趣的感覺，害我忍不住咳嗽。

「喔，對了。我打算明天去拍照。」

我扯開話題掩飾這一點，由比濱跟著轉移注意力，點點頭。

「啊——照片呀。」

「我想去海邊拍。能麻煩妳當模特兒嗎？」

「咦！我嗎？」

由比濱用毛茸茸的連指手套摸丸子頭。

「背影就好。我看到這種照片，覺得找兩、三個人拍成類似的感覺應該不錯。」

我將腳踏車推到一旁，拿出手機，打開參考照片給她看。由比濱小步走過來，探出頭。

「原來如此——背影的話應該勉強可以……我去問問優美子和姬菜。」

她維持這段拉近的距離，與我並肩而行。這個距離感令我有點不好意思，拉緊外套，把圍巾扯到嘴邊，加快腳步。

不久之後，我們穿過站前的人潮，來到薩莉亞。

我停好腳踏車，走進店內，四處張望尋找先到的那個人。

才幾天沒來的薩莉亞不可能有什麼變化。要說明顯的差別，頂多只有帶著陽光笑容的葉山隼人，一派爽朗地對我們揮手。

葉山特地換座位，為我跟由比濱空出四人座的一側，放下舉起來的手，彷彿在說「大小姐，請坐」。

這做作的動作挺有模有樣的，看了真不爽……還有一個更令人不爽的，是坐在葉山旁邊，悠閒地吃義大利麵的傢伙……

「為什麼戶部也在？」

「咳咳咳！」

一坐到位子上，由比濱就比我更快詢問。戶部立刻被嗆到。

「哇咧……我不能來嗎？隼人說大家要一起吃飯，我就跟來啦……」

戶部擔心地看著由比濱。由比濱輕輕揮手，笑著回答：

「啊，不是啦。我只是因為沒人找你，你卻來了，有點驚訝而已。」

「……啊，嗯。沒人找我，我卻來了呢……」

雖然由比濱大概沒有惡意，帶著笑容直接講出這種話，還是挺傷人的。戶部嘴角抽搐，尷尬地放下叉子，偷瞄我跟葉山。光憑眼神就傳達出「咦？不行嗎？回去？我回去比較好？完了完了……」的意思，真的非常煩。

「……你在不在都無所謂。」

語畢，我望向葉山。眼角餘光瞥見戶部在碎碎念「嘿……你怎麼這樣講話……」。葉山苦笑著面向我們。

「對不起喔，耽誤你的時間。」

「我怎麼拒絕得了結衣的請求。」

由比濱合掌道歉，葉山笑著回話。如果是我的請求，你就會拒絕嗎……我懷疑地看著他，這時葉山率先開啟話題。

「所以，找我有什麼事？」

「你知道舞會的事吧。」

「嗯，有聽說。」

他應該已經透過一色或由比濱得知，所以直接詢問。葉山簡短回答後，我點點頭，接著說：

「有些家長覺得舞會不健全，而反對舉辦，學生可能被要求自律……而我計畫了另一場規模更大更豪華的新舞會。」

戶部聽見，停下吃義大利麵的動作。

「……咦，為什麼？」

「為了確保舞會辦得成。」

我看都不看戶部一眼，對著葉山說。葉山雙臂環胸，陷入沉思。過沒多久，他似乎得出結論，喃喃說道：

「……簡單地說，就是棄子嗎？」

葉山說出這句話的瞬間，我嘴角扭曲，露出嘲諷的笑。

「感謝你理解得這麼快。」

「不。說實話，我無法理解。」

他不耐煩地聳肩，回應我的笑容。旁邊的戶部看看我們，絞盡腦汁思考，接著似乎放棄了，探出身子悄聲問由比濱「啥意思？」要求她說明。由比濱也「這個嘛……」小聲開始解釋。

戶部聽不懂也沒差。我的對手是葉山。我無視在講悄悄話的兩人，進入正題。

「所以，我想請社長會幫忙。」

「我不覺得能幫上忙。社長會沒有多大的權限喔。」

「我知道。只是想跟你提議。」

葉山冷漠地打斷我說話，我用手示意「好啦，聽我說」。

「你們不是要辦畢業生歡送會嗎？有沒有想過所有社團一起合辦？我想搭配這個活動，制定新舞會的企劃。」

「歡送會……」

繼義大利麵後，將手伸向焗飯的戶部再度停下動作，不解地看向葉山。葉山面露苦笑。

「好像在哪聽過耶。」

我用眼神問他「怎麼回事」，葉山拿起咖啡，喝了一口。他喝的明明是濃縮咖啡，眉頭卻皺都不皺一下，輕描淡寫地說：

「學生會已經來跟我們談過這件事。」

我的眉頭想必皺起來了。可是，葉山依然面不改色，接著說道：

「社長會打算協助學生會。不如說，它就是學生會底下的組織。所以很難幫你的忙。」

我啞口無言。

速度真快。我想到的主意，她已經著手執行了嗎……雪之下八成也有想到，在補強自己的計畫後，去利用社長會。

雖然不知道為什麼，運動社團容易營造強烈的健全形象。只要情節輕微，很多大人都會當成無傷大雅的惡作劇了事，對揮灑青春汗水的熱血年輕人莫名寬容。事實上，那些人真的健全嗎？並非如此，每年都會因為犯了什麼錯被禁賽或退賽，最近還有性騷擾職權騷擾暴力藥物等各種問題浮上檯面呢！

不過，我可不想就此退讓。明知是無謂的抵抗，依然得跟他交涉。我祈禱著他能因為葉山魔術的關係下達千葉判定（註37），開口詢問：

「……那，以個人的身分如何？沒有任何頭銜的葉山隼人，會願意幫我嗎？」

「我最不想要以個人的身分幫你。」

葉山露出發自內心厭惡的表情。好像被擊中肝臟的拳擊手。好，現在就是進攻之時！

「名字借我用就好。」

「感覺一借你就回不來了。」

「是啦……」

他使出銳利的反擊，我垂下頭。假如借到葉山的名字，我確實一定會用到爽，

註37　暗諷日本業餘拳擊聯盟傳出的醜聞。

甚至借他的印章貸款買房。太好了材木座！公寓有著落囉！

我頻頻點頭，葉山對我翻了個白眼。

「別承認啊……你是那種把跟別人借的遊戲寫上自己的名字，還拿去賣的類型吧？我絕對不借。」

「不要小看我，我不會做那種事。再說，我根本沒有可以借遊戲的朋友。」

我挺起胸膛，葉山嘆了一大口氣。戶部在旁邊自言自語「真的有——上面明明用麥克筆寫了名字，還把遊戲賣給店家的人……阿敦現在不知道過得好不好——」緬懷往昔。

只有由比濱驚訝得張大嘴巴。葉山似乎覺得默默盯著這裡的由比濱很奇怪，對她露出柔和微笑。

「怎麼了？」

「啊，我有點意外。嘿嘿嘿……」

由比濱看著我跟葉山笑起來，一副被逗樂的模樣。葉山尷尬地閉上嘴巴，假裝調整坐姿，側過身子，與我拉開距離。

好吧，就只認識溫柔的葉山隼人的人看來，他嘲諷我的模樣或許有點意外。你們都錯了。葉山的個性其實很……

我如此心想。理應比我更懂葉山的戶部，略顯驕傲地撥了一下後頸的頭髮。

「有時候啊，隼人的嘴巴是挺毒的。」

戶部咧嘴一笑，彷彿在問他「對唄？」葉山假裝咳嗽敷衍過去。

「說起來，為什麼會變成這樣？我沒聽雪之下同學提過棄子計畫。」

「那當然。因為是我們自己要做的。」

葉山微微歪頭，用視線要求我詳細說明。但我正是因為不想說明，才只用一句話回答。我撐著臉頰，沒再說話。

「你們不是一起的嗎……發生了什麼事？」

我已經用態度表明不會開口，葉山卻又問一次。他筆直凝視著我，手肘撐到桌上，十指交疊，一副要等到我開口的樣子。我輕輕嘆了口氣。

「那是我們的問題。你不必在意。」

葉山的眼底瞬間竄出黑色的情緒，瞪視般的視線害我講不出話。儘管如此，我仍然勉強聳肩給他看。

他的視線沒有放鬆，乾燥的空氣令肌膚陣陣發麻。戶部坐立不安地扭動身軀，或許其他人也察覺到這股氣氛。

由比濱哀傷地垂下目光。不久後，她開始斷斷續續地述說。

「我覺得小雪乃她……想證明能靠自己的力量做好這件事，這樣下去，會忍不住依存在我們身上。所以她決定……不依賴我……和自閉男。」

「……她是，這樣說的嗎？」

葉山有點動搖，倒抽一口氣，然後慢慢詢問，慎重確認。由比濱沒有抬起臉，點頭回答。

「是嗎……」

他深深嘆息，閉上眼睛。我不知道那沉重的嘆息有何意義。只不過，從他咬住下脣的表情，看得出他很苦惱。

令人窒息的沉默降臨，店裡的喧囂聲顯得更大。我跟由比濱都閉上嘴巴，盯著手邊。

「啊……對了，你們兩個吃過了嗎？餓不餓？要不要點些東西？」

不曉得是忍受不了尷尬，還是貼心之舉，戶部硬扯出開朗的笑容，翻起菜單。

由比濱用視線問我「怎麼辦？」我輕輕搖頭。

「不，不用。我們該走了。」

「喔，喔……」

我不想明說，只用語氣及眼神傳達謝意。但戶部似乎沒有感受到，他仍然顯得不知所措。

沉默被打破後，葉山吐出一口短促的氣。

「關於舞會本身，我們會全面提供協助。但無論是以社長會，還是我個人的身分，都不能幫你忙……不過，我不會阻止其他社員私下協助……這就是妥協點。」

他盯著眼前的杯子，沒有看我。眼中的黑色情緒映在水面上，深沉得看不見光。

「……嗯，差不多吧。這樣就夠了。」

由比濱略顯不安地看著我。

「這樣沒關係嗎？」

「嗯。」

社長會要幫雪之下他們也無所謂。能從葉山的口中得到承諾便足矣。畢竟，我的目的是讓雪之下的舞會成功。說穿了，現在只是對方先打出社長會這張牌，效果並沒有太大的差別。

既然如此，我再去準備其他手牌即可。

「這頓飯算我請客。不好意思，麻煩你特地跑一趟。」

我迅速拿走帳單，起身離席。由比濱也急忙跟上。

我們離席後，葉山好像在猶豫要不要站起來，最後死心地嘆了口氣，默默起身。被拋下的戶部慌慌張張把焗飯掃進嘴裡，配可樂吞下去，追向我們。

× × ×

走出餐廳，已經是夜晚時分。

可能是因為正值下班時間，站前的人潮變多擁擠。我們像順著人流移動般，分不清是誰先邁步而出。是要先去車站嗎……我推著腳踏車，決定跟著前面的由比濱和戶部走。

這時，有人從後面叫住我。

「方便借一步說話嗎？」

「啊？」

我回過頭，葉山無所事事地杵在那裡。由比濱跟戶部一面觀察我們，一面走回來。或許是在疑惑我們為何停下腳步。

葉山對戶部使了個眼色，微微點頭。單憑這點動作，戶部就察覺到什麼，搔著後頸回應：

「啊，那，我送結衣回家。」

「咦？為什麼？」

「『為什麼』？咦，咦！我反而要問妳為什麼要問為什麼？」

戶部回問，由比濱揮著手。

「沒有呀，我們家在不同方向。我家離這邊很近，自己走回去就好。」

「這麼誠實！呃，可是通常都要送女生回家……」

「咦，不，不必啦，真的。沒關係。」

「喂……妳的語氣超級嚴肅……」

出乎意料的反應，使戶部當場呆住。由比濱無視他，向這邊踏出一步，稍微舉起手。

「那麼，明天見。隼人同學也是。」

「嗯。明天見。」

我點頭跟她道別，葉山也輕輕揮手說「晚安」。

由比濱一步步走遠，戶部追在後面，不停歪頭。目送他們離開後，剩下我跟葉山留在人群中。

等那兩人的身影徹底消失在視線範圍內，我終於面向葉山。

「……什麼事？」

「要不要，走一下？」

葉山用這句話代替回答，不等我回應便逕自走出去。他沒告訴我要去哪裡，只用背影叫我跟上。

我牽著腳踏車，跟在葉山後面。

過了一會兒，我們走進和鬧區隔著一條馬路的巷子，來到一個被行道樹圍住的空間。我對這個地方不熟，不過看到有鞦韆、溜滑梯等遊樂設施，所以大概是公園吧。

經過遊樂設施，來到涼亭後，葉山停下腳步。

「在這等我一下。」

「啊，喂。」

我想叫住他，葉山卻小跑步離去。沒辦法，我只得停好腳踏車，坐到涼亭的椅子上。

除了我以外，便沒有任何人。遼闊的公園寂靜無聲，四周沒有遮蔽物，冷風直接吹過來。我拉緊外套，圍好圍巾，手插進口袋，抖腳等待葉山。

吐出好幾口白色氣息後，背後傳來踩過沙子的聲音。轉頭一看，葉山拿著罐裝咖啡走回來。

「要丟囉。」

他才剛說完，就把咖啡朝我扔過來。我連忙抽出口袋裡的手，在千鈞一髮之際接住。

「好險……直接拿給我啦……」

才剛抱怨完，鬆了口氣，熱度便從掌心傳來。我咕噥著「好燙……」把咖啡在雙手間扔來扔去，等降溫到可以入口後才拉開拉環，小口喝起來。

葉山看我這樣，露出滿足的微笑，坐到旁邊的長椅上，用咖啡罐暖手，過沒多久也跟我一樣，打開來喝。接著，他輕聲嘆息，喃喃說道：

「我想起以前的事。」

「什麼事？」

我瞥了他一眼。葉山微微向前傾，凝視拿著咖啡的手。黑影落在被街燈照亮的側臉上。

「……就說了，是以前的事。你知道她小學被排擠過嗎？那時，她也說過類似的話……我一個人就行，不會依賴你……不需要幫助。」

「哦……好像在哪聽過。」

「嗯，所以我才會想起來。」

葉山稍微抬起頭，笑著回應我的附和。然而，明快的語調隨即下沉。

「……我什麼都做不到。」

他的視線與聲音一同落向地面。

「不，不對。從結果上來說，情況更加糟糕。都是因為我沒有幫到底，才使傷害擴大。嘴上還說著……要在能力範圍內設法做些什麼。」

葉山對我露出自虐的笑容。我覺得他的視線很煩，聳一下肩膀。

「你在懺悔嗎？要懺悔麻煩去找牆壁。」

「跟你說不是也差不多？」

他的語氣像在說笑，他垂下的眉梢在街燈照耀下，卻顯露愧疚之情。握著咖啡罐，微微顫抖的手，也與表情恰恰相反。冷風再度吹起，但他之所以顫抖，肯定不是因為寒意。

時至今日，後悔——或者是憤怒，依然盤踞在他的心中。

我想起那年夏天，葉山和雪之下稍微提過自己的過去。我沒有直接聽說事情經過，所以其中也包含我的推測。但我想，鶴見留美當時的處境，應該就是他跟她走過的道路。

從雪之下雪乃的美貌、氣質及智慧來看，不難想像她從小便很引人注目。擁有如此特殊性、特異性的孩童，在團體中會受到什麼樣的對待，也不難想像。

在這種狀況下，青梅竹馬葉山隼人採取的行動，恐怕是我想得到的選項中最糟糕的。簡單地說，他介入其中調解，想讓雪之下能跟團體——跟女生好好相處。然而，這麼做反而惹到那群人。不意外。葉山隼人展開行動，就代表這麼一回事。何況是無法控制情緒的幼年時期，怎麼可能懂得自制。

我不知道葉山當時有多聰明。至少，現在的他很清楚當時的所作所為是多麼愚蠢。

「那個時候，我真該盡全力幫助她。這樣的話……」

這樣的話，又能如何？

這種說法令我不悅，瞇起一隻眼睛。

「講假設性的話題有意義嗎？」

「至少會覺得，不想變成這樣吧。」

葉山無視我的視線，再次露出自嘲的笑容。平常的爽朗蕩然無存，黯淡無光的眼底充滿黑色情緒。

「你不該要幫不幫的。應該認真地盡全力面對。我沒有那個覺悟，也沒有動機……但你不一樣吧？」

訴說不可能實現的未來，彷彿求助般的眼神，講述我所不知的過去的那張嘴，一切都讓人莫名焦躁。我咬緊牙關。

「那是你自己的後悔吧。別擅自託付給我。」

我的口氣不知不覺變得尖銳，視線牢牢盯著葉山。他默默垂下視線。

「是啊……是我的後悔。從那時持續到現在，無法消除，也無法遺忘。我總是在回頭……始終無法前進。」

他痛苦地按住胸口，苦悶的呻吟聲自口中傳出。端正的相貌因悲痛而扭曲，擠出聲音，彷彿會嘔出血來。

只認識平常的葉山隼人的人，看到這一幕會怎麼想？失望嗎？還是同情？抑或輕蔑？

可是，我嫉妒他。看到他後悔的模樣，甚至覺得羨慕。

倘若這段回憶能鮮明地烙印在腦海，如寶物般一輩子收藏在心中，不斷想著那一件事，永遠無法忘懷。

我才不會後悔。

他苦惱的樣子太過耀眼，我忍不住想移開目光。葉山卻踩在沙子上，整個身體朝向我，不准我別過頭。

「比企谷……你的做法是錯的。你該做的不是這種事。」

我無法移開目光，也無法別過頭，閉上眼睛。

只有你。

只有你願意對我說。

正確到無可奈何，曖昧到怎麼理解都可以的，無關緊要的話語。

你是葉山隼人，真的太好了。

無法坐視任何人受傷，無法允許別人傷害任何人。因此，你到現在都還無法原諒自己。

不傷害任何人，結果導致珍視之人受傷，就算這樣，還是無法背叛自己跟他人創造出的自我形象，最後被逼得無路可走。帶著這麼痛苦的表情，闡述毫無意義的正道，此時此刻也傷害著自己。

明知自己辦不到，明知我辦不到，依然無法忍住不說出口。

我打從心底討厭他的這一點。

真的很討厭。所以，我也能說出口。

換成其他人，我一定不會講這種話。

正因為深有同感，卻完全無法理解的你，我才會說。正因為是毫無共通點，相似之處卻多不勝數，無法接受不同處的你，我才會說。正因為是絕對不會搞錯，總是走在正途上的你，我才會說。

我咬緊牙關，握緊拳頭，輕輕吐氣。

「閉嘴……我知道啦。」

我明白自己的方向錯了。但我別無他法。我不知道其他手段。

到頭來，我們只能透過這樣的方式傳達。

我能做到的只有一件事。

僅此一件。

「我都知道。就是因為知道，才這麼做。只有這個辦法可以證明。」

我慢慢睜開眼，看見從口中呼出的白煙在空氣中飄動，逐漸融化，一出口就消失不見，儼然我說的話。

「……證明什麼？」

葉山看我的眼神簡直像在瞪人。他問得這麼嚴肅，我也很傷腦筋。我又沒有準備多了不起的理由。

要掰個藉口，還是要隨便唬弄過去，或者扯一些大道理？我花了一瞬間思考，結果決定將悶在胸口的情緒，隨著白色氣息一同吐出。

「那傢伙不需要幫助。就算這樣，我還是想幫她……既然如此，就不是共依存。只要能證明這點就好。」

我自然而然笑了出來。

不曉得是我說的話讓他意外，還是我的笑容讓他驚訝。葉山眨了幾下眼睛，然後垂下肩膀，浮現淡淡的苦笑。

「比企谷……你知道那種感情叫什麼嗎？」

「知道。叫男人的堅持。」

我揚起嘴角，帶著諷刺的笑容吹噓。

Interlude

他離開後，我仍然遲遲無法起身。

有人帶著那種表情扯了個大謊，我還真不知道要回什麼。

結果，我們的對話到此為止，他擅自決定那罐咖啡由我請客，喝完後只丟下一句差點被風聲蓋過的「再見」，就立刻回家了。說不定只是因為害羞得受不了才逃走。

因此，我才得以獨自留在公園。

我果然不喜歡他。完全無法原諒因為那種話而動搖了一瞬間的自己。

我嘆出不曉得是第幾次的深深嘆息，望向一直握著的手機。說實話，我不太想主動聯絡那個人。

可是，不確認的話，我跟他和她都無法邁向前方。套用他的說法，我也有所謂男人的堅持。

我挪動著被冷風吹得發僵的手指，按下通話鍵。同時在心裡祈禱，希望她乾脆不要接。

然而這種時候，她絕對會接電話。在確信的同時，接聽聲中斷，懶洋洋的聲音傳來。

『喂──』

我回以事先想好的臺詞。

「等等方便見個面嗎？」

『……嗯。可以啊。』

在這段短暫的沉默中，她似乎察覺到了什麼。這個人總是如此敏銳，真的很令人困擾。從以前到現在，我沒有任何事瞞得過她。這次肯定也一樣。

我懷著一如往常的不祥預感，應酬了兩、三句之後，她馬上掛斷電話。

×　×　×

那個人指定的見面地點，是她以前常去的咖啡廳。

我喝完對高中生來說絕不便宜的藍山咖啡，點了第二杯時，望向手錶。

已經過了約定的時間，她卻沒有傳來任何通知。

由她提出邀約的時候，只要我稍微晚到一下，就會不停地被催促，自己遲到卻是這副德行。我早已習慣，所以不會特別聯絡她。

我曾經問過，她是不是對其他人也這樣。她自豪地回答：「對呀。」然而，事實並非如此。她意外地會遵守時間跟約定。也有跟朋友約好，結果太早到的時候，就算讓她等也不會一直追究。

不過，只有對於一部分的人，她的態度變得比較隨便。

可以將其視為親愛或信賴的表現。實際上，她對他和妹妹就有這種傾向。宛如一隻玩弄獵物的貓，抱持著天真無邪的心態。

但也有連玩具都稱不上的例外。對她而言，只有貓抓板等級的價值。

在我沉思之時，第二杯藍山送上來了。我喝了一口，覺得比剛剛那杯來得苦。

不久後，音量偏小的經典爵士樂中參雜進鈴鐺聲。我望向店門，一抹紅色進到以黑色為基調的店內。

她一邊脫外套，一邊向櫃檯點餐，接著不花一點時間便找到我，走來坐到對面。

「怎麼了？」

我輕輕搖頭，等待她八成會點的瓜地馬拉送上。她拿起咖啡杯，稍事休息後，我才終於開口。

「共依存……妳這樣跟他說的？」

也許是因為這個問題來得太突然，她顯得有點驚訝。我難得看到這種表情，忍不住揚起嘴角。她也笑了出來，彷彿在回應我。

「……你聽說了？真意外。他竟然會跟你講這種事。」

我不禁思考起，該如何解釋她的笑容。是純粹覺得他出人意料的行動有趣，還是包含跟我這種貨色說的輕蔑？

無論是何者，就算兩者皆是也好。她有興趣的對象不是我，而是他。

所以，該聊的不是我，而是他。

「不，只是在講其他事的時候提到……不過我猜得到，誰會故意用這種詞彙刺激他。」

「挺厲害的嘛，名偵探。答對了。」

她一副開玩笑的態度，眼底的溫度卻降到冰點，明顯不希望我介入。這是要我趁還在說笑時收手的信號。我刻意無視，視線落在手邊的咖啡杯上。

「為什麼要做這種事？」

「因為是真的嘛。」

她輕快的聲音聽不出內疚，反而顯得很開心。眼角餘光瞥見修長的手指交疊在一起，我輕輕嘆了口氣。

「他們維持那樣就好。像那樣慢慢地……」

「那種是贗品吧。我想看的只有真物。」

打斷我說話的是冰冷的聲音。恐怕只有我從中感覺到她在鬧彆扭。雖然只是因為我們相處的時間夠長，我自認為如此而已，我還是聽得出來。

我趁這股實感溫暖著胸口時抬起臉，凝視她的雙眼。

「我倒認為，有些心態也是會從中得到成長的。」

「不可能。我有說錯嗎？」

她緩緩瞇起眼睛，凝結成冰的眼神貫穿我。這種說法與那年夏天，她在那天所說的話重疊。

她的眼神、她的聲音，總是緊緊抓著我不放。結果，我無法向前，她也停留在那裡。

一直都沒變。她會率先傷害自己珍視之物，好讓其他人無法再傷害。然後，不原諒任何一個傷害過它的人。

「妳就那麼……恨嗎？」

至於是恨誰，我沒有問。

她像被趁虛而入似地眨了下眼，不過又立刻展露微笑，似乎理解了我的意涵。

「怎麼會，最喜歡了。」

她撐著臉頰，用泛著水光的雙眼抬頭看我，抹上淡紅色口紅的嘴唇，勾勒出撩人的笑容。

這是，詛咒。

我終究沒能得到贖罪的機會。

因此，我推給了他。至少，要讓他們——

啊啊，打從心底感到嫉妒。

不能沒有彼此的存在若能一同墮入地獄，沒有比這更幸福的事了。

即使是贗品，只要是獨一無二的扭曲贗品，便沒有任何人有資格稱之為偽物。

倘若我獲得了它，肯定能為這扭曲的形狀命名。

所以，我直到今日仍在後悔。

假如，那時有盡全力幫助她。

這樣的話……

您會原諒我嗎？

7
隔著鏡片，海老名姬菜看見的景色。

我非常不想去學校。

不如說，我極度不想去教室。

正確地說，我超級不想見到葉山隼人。

更正確地說，我死都不想在見到葉山後，發現自己態度僵硬，對方卻若無其事，跟平常完全沒有兩樣。

不。

老實說，我不想看到他明明一如往常，卻在不經意間露出有點受傷的表情，而我又不小心注意到。

由於我昨晚扔下一句話就離去，幾乎沒看見葉山做何反應。當時葉山張大嘴巴，露出看見珍奇異獸，分不清是驚訝還是錯愕的表情。我當時覺得他又要講什麼麻煩的話，才決定迅速離開。

今天早上，我偷偷看了一下坐在窗邊，跟平常一樣有說有笑的葉山等人，立刻趴到桌上。

存在於那裡的，是與平常無異的景色。

陽光照進教室，那裡有著歡樂的交談聲與明亮的笑容。

然而，短短一瞬間，我在他的微笑中，看見一絲憂愁。

說不定那抹笑容並沒有多大的意義。說不定真的只是跟平常一樣的陽光笑容。

若是如此，他的憂愁或許只是我擅自解讀，強加判斷，或是存在我心中的情緒。

因此，我不想跟葉山正面交談。

假裝沒看見的事物，彷彿鮮明呈現於眼前，激起強烈的厭惡感。葉山想必也一樣。

到頭來，我和他連鏡中的倒影都稱不上。我們只是一直在互相尋找不同之處，自顧自地朝對方發洩內心的焦躁。

正因為有所自覺，我才會努力不去看葉山。

話雖如此，也不全是壞事。託他的福，我確定了一件事。藉由將其化為言語，我的目的更加堅定了。

什麼男人的堅持，虧我講得出這種大話。

在這之後，我再也沒有看葉山，心不在焉地任時間流逝。

我從桌上抬起頭，瞪著牆上的時鐘。今天的時針感覺比平常緩慢許多，我深深嘆出不知道是第幾口的氣。

明明是自己的座位，卻覺得莫名彆扭，一心祈禱著放學時間快點到。

×　×　×

快點放學吧。

我確實是這麼期望。然而，等放學時間一到，我立刻衝出教室，來到遊戲社辦後，卻又深深嘆了口氣。

事情的起因在於我的報告。

「……呃——就是這樣，葉山不肯幫忙。」

想到昨天的事，我的臉不自覺垮了下來。但其他人更加愁眉苦臉。

「咦……」

「結果不行喔……」

「萬事休矣……」

秦野、相模同時板起臉，材木座唉聲嘆氣，只有由比濱苦笑著安慰大家。

「好，好了啦……還可以去找海濱綜合，你說對不對？」

「沒錯。所以，先跟海濱綜合聯絡。」

我對由比濱使了個眼色。

可是，由比濱只有把手放到桌子下，納悶地歪過頭。

「咦，做什麼？」

「呃，就，聯絡方式……」

「……咦？由我聯絡？你不知道聯絡方式？」

由比濱將頭歪向另一側。

沉默降臨。

眾人的視線在剎那間交錯。我瞄向材木座，材木座看相模，相模對秦野點頭，秦野鄙視地看著我。輪完一圈後，視線又回到由比濱身上。

「你不知道啊……我不太想聯絡他們耶……這麼突然，對方會不會覺得我很奇怪……」

由比濱略顯疲憊地嘆氣，從口袋拿出手機。

別擔心別擔心，這類型的煩惱男生統統經歷過，無論如何人家都會覺得妳很奇怪啦，女生都會覺得「這傢伙幹麼突然問我作業範圍……」啦。我對她投以溫暖的目光，由比濱看了我一眼。

「你不知道嗎？那個，折本同學的聯絡方式……」

「刪了。」

「刪……」

我一秒回答，由比濱拿著手機僵在那邊，啞口無言。

「一般來說，國中畢業就會馬上刪掉吧。因為這輩子都不會再見到那些傢伙啦，留著只是占空間。」

「才不一般！」

我不屑地說，由比濱立刻否定。但其他人都沒太大的反應，反而頻頻點頭，「嗯嗯就是這樣你說得沒錯」附和我。由比濱看了大家好幾眼。

「咦！是我有問題嗎？」

她抱頭呻吟。

「原來妳跟折本交換了聯絡方式啊。」

「……姑且交換了一下。辦聖誕節活動時，我也幫忙聯絡過。不常跟她說話就是……」

由比濱越講越小聲，肩膀也垂了下來。

仔細一想，那個時候由比濱主要的工作，確實是幫我們收拾爛攤子，以及聯絡工作人員和管理金錢。不過，海濱綜合的男生統統聽不懂人話，才會去找折本那些女生吧。

由比濱和折本見過幾次面，我卻沒看過她們相談甚歡。氣氛凝重的時候好像還比較多。

雖然由比濱是社交力之鬼，折本是妖怪應聲蟲，這兩個人說不定不太合。哎，畢竟她們第一次見面的情況有點特殊……沒辦法……不如說都是葉山的錯！沒錯！

呃，當然不是跟我完全無關啦……基於這樣子的想法，我小聲提議：

「只要妳提供她的聯絡方式，我可以負責跟她說。」

由比濱的視線從還沒輸入任何訊息的手機螢幕移開，往我這邊瞄，鼓起臉頰。

「你又沒在用LINE。」

我瞬間語塞。最近的年輕人真不簡單，聯絡手段也太高科技……不，我也想用光之美少女的貼圖喔？可是目前根本沒幾個人會跟我聯絡，不用LINE也不會怎樣……

最後，聯絡的任務還是交給由比濱，真不好意思。我膜拜著傷腦筋如何打字的由比濱，聽見對面傳來的碎碎念。

「這個人不用LINE，平常是怎麼生活的……」

「他是原始人嗎……千葉原始人……」

「那傢伙太喜歡千葉，一直停留在千葉時代（註38）沒有進化。地磁還維持在對調狀態，所以不能用LINE和傳訊軟體。他還在開心地用手機信箱呢。」

「哪有，電子郵件和簡訊我也會用。」

我忍不住反駁，三人一臉錯愕。

「我最近根本沒在用電子郵件……」

註38　千葉縣市原市養老河沿岸七十七萬年～十二萬六千年前的地層。

「這是繩文人吧……你老家在加曾力貝塚（註39）嗎？」

「呣，時代推進了一些。八幡，試著改用BB Call吧。噗呵呵——」

眼鏡三人組忍著笑暢所欲言。我知道秦野的嘴巴很毒，但相模這傢伙也不遑多讓。姐姐還比較可愛……騙人的。

不行，現在沒空理這些傢伙。

好了，不曉得由比濱那邊情況如何？我望向一旁，由比濱沉吟著按來按去，迅速擬好稿。

「呃……要問什麼？」

「先把舞會企劃書夾帶於附件，說想盡快安排時間跟他們討論。在今天、明天、後天左右決定日期，提出企劃書。」

「夾帶，附件……附件……？」

由比濱使用夾帶附件！由比濱混亂了！念起來確實跟巴魯朋特（註40）很像！她似乎不知道如何夾帶附件。我看她連夾帶的意思都搞不懂……

相模弟看不下去，推了推眼鏡，客氣地詢問：

「啊，要先上傳到雲端才行。妳把檔案存在哪裡？」

註39 位在千葉的繩文時代貝塚遺跡。

註40 Parupunte，遊戲《勇者鬥惡龍》中的咒文，效果隨機，與「夾帶附件（Fairutenpu）」音近。

「雲，端……？」

由比濱的腦袋左右搖晃，秦野「唉——」大嘆一口氣，搖搖頭。

「沒救了，她絕對沒聽懂……要裝 Dropbox 或其他軟體嗎？」

「呣……上傳到免空比較快吧？這樣只要提供網址就好。」

「啊——也是。借一下電腦。」

材木座抱著胳膊歪過頭。我打了個響指，把放在長桌上的社辦用筆電拉過來，將企劃書上傳到免費空間，取得網址後，順便寫好詢問日期的文章，傳給由比濱。

「複製貼上就好。」

「嗯、嗯……複製貼上的話我知道……」

她放心地笑出來，又開始按手機。我們在旁邊看。過沒多久，由比濱疲憊地吐出一口氣。

「傳給她了？」

「嗯，傳了……」

她梳著丸子頭，靦腆一笑，大家都滿意地相視而笑。感覺像個宅男社團中唯一的小公主……剛才連那個材木座都努力動腦，想派上用場喔……比濱同學真是可怕……

不管怎樣，現在要等對方回覆再說。

這段期間，秦野和相模在檢查做好的網站，順便扮演愚蠢的奧客，在那邊「感覺超棒的！不過希望可以再給我三個版本！星期一之前交就好！」。

這時，由比濱的手機震動了一下。

「回了嗎？」

「嗯——不對，是優美子。她問今天什麼時候開始拍。」

由比濱把手機抵在嘴邊，望向我。是請她們當模特兒的那件事嗎……

「太陽五點半下山，所以四點半集合好了。把該準備的東西準備好，邊等夕陽邊拍照。」

「嗯，知道了。」

由比濱滑著手機打字。我看了她一眼，瞥向窗外。

跟昨天查到的情報一樣，今天天氣晴朗。

儘管有一些雲，這樣反而能為晚霞增添色彩吧。

我看著逐漸西斜的太陽，開始為攝影做準備。

×　×　×

太陽下山後，海邊的風變得更加寒冷，海水味也變得更加強烈。平穩的海浪拍到岸上又退回去，閃閃發光。

火紅的夕陽遮得眼睛快睜不開。我將懷裡的東西放到沙灘上，再將離海有一點距離的涼亭當等候區，著手準備拍照。

我把跟學校借的盆子、幾個保溫壺，還有從百元商店買來的大量暖暖包放在涼亭。這一帶的海在夏天會變成海水浴場，所以也有淋浴處，但這麼冷的天氣實在不能用。因此我帶來盆子和熱水，讓她們弄溼或弄髒身體時，可以沖掉海水和沙子。提供熱飲給模特兒時，也會用到熱水，所以我準備了很多。

幫忙搬東西到這裡的材木座，對我投以恐懼的視線。

「你的助手技能點得真高……」

「也沒有。可以的話，我還想要毛毯或長大衣。」

還有帳篷和焚火臺……我想我差不多該準備體驗單人露營了。沒有啦，在寒風大作的日子麻煩女生出來拍照，自然該準備得周到一些。我很想完美做好防寒對策，無奈時間跟資金都有限。聽我這麼說，材木座立刻用力抓住長大衣的領子。

「我、我不會借你的！」

「誰要啊……」

連我都不想穿你的外套，更不用說那些女生。好了，不曉得三位模特兒的狀況如何。我望向遠處的長椅，看見抱著雙臂不停摩擦，瑟瑟發抖的三浦優美子。

「好冷好冷好冷！結衣，暖暖包暖暖包暖暖包！」

「背上？肚子？」

「都要！」

三浦掀起西裝外套，露出背部的襯衫，讓由比濱貼上暖暖包。這個畫面有股莫名的悖德感，好像在看不該看的東西……可是，我不會移開目光的。

非常可惜，她們好像也做好準備了。

我拜託材木座顧東西，拿著相機走向由比濱她們。

「謝謝妳們願意幫忙。今天請多指教。」

「……啊？」

我微微低頭道謝，三浦露出超驚訝的表情。用像在都市看見山羌的眼神緊盯著我。呃，沒必要這麼驚訝吧，最近千葉的山羌也變多了。多到常有人叫阿虛阿虛（註41）。

「請多指教——」

旁邊的海老名帶著燦爛笑容對我揮手。她的聲音使愣在那邊的三浦回過神來。

「……啊——嗯。沒什麼，我只是因為結衣拜託我。」

她別過頭，瞥了由比濱一眼，拉著捲髮，冷淡地說。不曉得是不是因為夕陽的關係，她的臉頰微微泛紅，哎呀哎呀妳看起來像在害羞呢，呵呵呵……

可惜，我沒空欣賞如此溫馨的景象。夕陽掛在天上的時間有限。

「那可以開始了嗎？」

「啊，嗯。」

註41　輕小說《涼宮春日的憂鬱》的男主角。「虛」與「山羌」日文同音。

由比濱點頭回答，對三浦跟海老名使眼色催促她們，在海邊走了幾步。我也跟在後頭，順便感受踩著砂子的觸感。

走到岸邊時，我請她們暫時停下，退後幾步，拿起相機。

總之先確定攝影範圍，檢查構圖。

這臺相機是廣角鏡頭，捕捉到一大片夕陽。天空與大海的交界處，被照得閃閃發光，我將焦點對準略高於海平面的地方。前方是開始變暗的沙灘，接著是染上橘色的岸邊，最後是融進朱紅色的雲朵，形成漸層。畫面右邊有點模糊，映著三浦與由比濱的背影。

以夕陽為背景，站在海邊的兩位少女，姿態不盡相同。

「唷──」

三浦手插在外套的口袋裡，感慨地看著夕陽下的大海，由比濱則不停回頭看我這邊。

我按了幾下快門，同時用手勢請她們移動，或是專心調整自己的位置。由於天氣很冷，這段期間，兩人都用外套把身體包得緊緊的，裙子底下是運動褲……這樣也別有一番風味。有種不小心跑進女校的感覺！

我邊想邊看著取景器，三浦故意讓我聽見她在抱怨「嗚──好冷」，回頭瞪了我一眼。

「自閉鬼，快點。」

「是……」

我再度拿起相機。

夕陽逐漸接近，滲入雲中。

我試拍了好幾次，都沒拍到滿意的照片。

本想拍成跟參考照片一樣的構圖，可惜怎麼樣都拍不好。

穿制服的少女們，並肩站在黃昏的海邊。照理說是極其單純的畫面，拍起來卻一點都不美。簡單地說，就是不上相。我想拍成旅行社那種「畢業旅行・ＩＮ・夏威夷」之類的手冊，或《我們的存在》封面那種感覺……

在我拿著相機，不知如何是好時，海老名突然從後面冒出。

「借我一下。」

她將我手中的相機拿走。

「這樣，然後再這樣。」

她按了幾次快門，把相機還我。我看了下預覽圖，果然跟我理想中的構圖一模一樣。

「喔喔，好專業……」

「對吧？」

我忍不住讚嘆，海老名得意地挺胸。

「然後呢～」

也許是心情好，她哼著歌，小跑步到由比濱她們旁邊。接著「哇——」地襲向兩人，扒掉她們的外套和運動褲。

「喔呵呵呵，有什麼關係呢有什麼關係呢～」

「笨蛋笨蛋笨蛋海老名妳真的是喔！」

海老名逼近試圖抵抗的三浦，脫下她的鞋子，還想連襪子都脫掉。她是奪衣婆（註42）嗎？有如羅生門（註43）的景象，在我面前展開。

「我自己脫！我自己脫啦！」

由比濱急忙遠離她，快速脫下鞋子跟襪子。三浦抵抗不成，被海老名推倒，脫掉襪子。

於是，在下有幸拜見三浦的美腿。好像還不小心看到一點裙底風光，我瞬間別過頭，立刻按下快門。不對，誤會啊，我只是反射性一動，手指碰巧不小心喀嚓喀嚓下去而已。

「好冷！」

「好冷，好冷，咦，沙子好冰！」

由比濱在原地踩來踩去，三浦抖個不停，因為新鮮的體驗而陷入混亂。

「呵呵呵，穿制服去海邊果然就是要光腳。」

註42　日本民間信仰中，守在三途川旁邊的老婆婆，會將亡者的衣服脫掉。

註43　日本電影。劇情中有強盜非禮女性的片段。

海老名滿足地笑著，跑回我這邊。我點頭表示「我懂……」她對我伸出手，看來是要幫我拍。感激不盡。這種事還是交給有品味的人！

我乖乖交出相機，海老名碎碎念著要用閃光燈補光和景深什麼的，嘰哩咕嚕講了一大串，舉起相機。

「好──要拍囉。」

她提醒一聲，兩人便在海邊就定位。可能是因為太冷吧，她們自然而然靠在一起，由比濱突然握住三浦的手，好像在小聲跟她說什麼，因為距離及風聲的關係，我聽不清楚。

只不過，她們對對方露出神祕微笑的畫面實在太美，令我胸口一緊。

白天結束，夜晚降臨前的短短一瞬。我們身在其中的，或許就是這樣的時間。

我看得出神，海老名輕聲嘆息，放下相機。

「剩下隨便拍就好，妳們自由玩吧──」

她大聲通知兩人，將相機還給我。看來之後要由我掌鏡。人家都要我繼續拍了，我也只能聽話，喀嚓喀嚓地拍下兩人嬉戲的畫面。

「結衣，會溼掉！會溼掉！完了完了完了！」

「等我等我！」

三浦和由比濱跑到岸邊，波浪一打上沙灘就尖叫著逃走。

「嗯──好照片……」

不知何時，海老名也拿出自己的手機，在我旁邊跟著照起來。

「妳也是來當模特兒的耶。」

海老名的視線沒有從手機上移開，回答：

「咦——這種事由那兩位美女就夠了吧，拍我會腐掉的。」

「喔，是喔……」

「我倒覺得拿你跟隼人同學當模特兒也行喔。呵呵……然後再跟他……」

她發出腐爛……不對，是不祥的笑聲瞄向我，笑到口水都快流出來。

「這是性騷擾吧？」

我遠離她整整三大步。海老名挺起胸膛，得意地說：

「放心，我不怎麼性感。沒有性吸引力的人對別人性騷擾究竟算什麼？我不明白。」

「呃，這個問題好難回答……也算性騷擾吧？」

我從來沒有把海老名當那種對象看待，所以不知道該如何回答。不如說我現在反而開始在意她了！

先別說這個了。對於女生「唉唷，我又不可愛～」這種發言，怎樣才是正確的應對方式，我至今仍不明白。大部分的情況下，應該要大喊「哪會」才對。但是面對海老名姬菜，我認為答案不是這個。

在我不知所措時，海老名望向海平面，小心地壓住裙襬，蹲下來，手撐在膝蓋上托著腮，喃喃說道：

「……那種東西，很麻煩的。」

「哪種東西？」

「戀啦愛啦性啦之類的。」

「喔，嗯……我不太想講這些耶。好害羞。」

我下意識地別過頭。她用認真的語氣講得那麼直接，害我既害羞又尷尬。何況這種話題對我來說有點現實感，並非單純的觀念論，不是我會想聊的內容。

然而，聽見我的回應，海老名晃著肩膀輕笑道：

「我們對彼此完全沒興趣，不是不能聊吧？」

「……確實如此。」

既然她這麼說，我也沒意見。

某種意義上，我信任海老名與人保持距離的方式。沒有遠到像外人，也沒有近到能稱為友人。那種堅守熟人、鄰人立場的態度，使我覺得跟她相處起來很輕鬆。

海老名跟我保持著絕對不會拉近的距離感，自顧自地接著說：

「不過，總會有辦法的吧？」

「什麼？」

我不好意思無視這句意義不明又沒重點的回應，簡短地問。

「因為到頭來，你和我並不一樣。」

這冰冷的聲音，我以前好像也聽過。她凝視三浦她們，我雖然看不見，不過鏡片底下肯定是那對宛如深海的眼睛。

「……妳聽說了嗎？」

海老名終於轉頭看我。

「跟誰聽說的？聽說了什麼？」

她的眼神冰冷，沒有映照出夕陽餘暉，嘴角卻帶著調侃般的笑容，我有點坐立不安。我輕輕聳肩，視線落到手中的相機上。

「不，沒事。」

我對她打馬虎眼，海老名又面向岸邊，看著跟小狗一樣跑來跑去的由比濱她們。

「……用看的就知道。我姑且算有點關係的人。剩下就是不著痕跡地跟結衣打聽一下。」

果然有聽說嘛……

所以她才特地來找我說話嗎？雖然不知道她聽說了什麼，我也不想追究。

可是，我有點在意那句「用看的就知道」。我不覺得自己那麼單純，這個狀況這麼輕易就被人理解，我也不太高興。我可是經過諸多考慮才這麼做的，別人擺出一副什麼都懂的態度，心情自然不會好。

話雖如此，所謂旁觀者清。意外地，也會有局外人看得更透徹的時候吧。若對方是海老名姬菜，就更不用說了。

可是，總不能興致勃勃地去問她，因此我稍微裝出撲克臉，假裝在玩相機，平靜地問：

「……這種事，大家都看得出來嗎？」

「隼人同學就不用說了吧？戶部的話，你也知道他就是那個樣子。其他人是根本沒興趣。優美子……還是算了。」

「咦？什麼啦，好恐怖。」

我完全忘記裝出撲克臉，反射性地望向海老名。她發出別有深意的輕笑，斜眼看著我。

「我不知道為什麼會變成這樣，這也不是我該說的。不過，應該有更簡單的方法吧？」

這句話令我不禁苦笑。

這是其他人，或者說每個人，一直在對我說的話。

只要我一句話，一定就足夠了，就能解決了。

但我無法容許這麼簡單的做法。

「簡單是最難的。對我而言，這樣是最簡單的。僅此而已。」

海老名轉頭凝視我。

「哦——真噁心。」

「……啊，嗯。」

她直截了當地說，一副毫無興趣的樣子。我垂下肩膀。我對她的感想沒有怨言，因為我知道自己很噁。

然而，海老名帶著淺笑，表情跟所說的話並不符合。

「好吧，我也不是不懂啦。這該說是悲觀主義嗎？我並不討厭喔。」

我默默點頭回應，望向在夕陽下閃耀光芒的海面。

我們的思考模式大概有類似的部分。拿腐爛這種像藉口的言詞覆蓋在表面，掩飾自我的模樣，能引起我的共鳴。

就海老名看來，大概覺得我的所作所為帶有悲觀主義。我不會說她的看法是正確的，但也稱不上大錯特錯。只是，那微妙的差異使我確信。

我和海老名姬菜果然不一樣。會對彼此產生共鳴，最後的結論卻不一樣。那個距離感在某種意義上，跟我和葉山隼人有相似之處。

就算類似，就算相似，就算表面看來相同，卻又不盡相同。這一年，我一直在確認這一點。

她說不定也一樣。

我沒有硬著頭皮叫海老名改口，而是選擇沉默。事到如今，沒必要特地糾正她。

歡樂的聲音參雜在海浪聲中傳來。

「海老名——過來拍照！」

「一起拍吧——」

三浦和由比濱在岸邊用力揮手，呼喚海老名。或許是因為跑得太興奮，她們呼出白煙，臉泛紅潮，看起來一點也不冷，彷彿只有那塊區域特別溫暖。

「來了——」

海老名迅速起身，轉頭看我，瞄了我的相機一眼。將齊肩的頭髮撥到耳後，彷彿在說「麻煩你囉」似地對我微笑，立刻跑過去。

我目送她離開，默默拿起相機。

×　×　×

拍完照的隔天早上，跟昨天一樣是大晴天。

高高升起的太陽從窗簾縫隙間晒進來，刺得我的眼皮陣陣發燙。

三月三日星期六，離畢業典禮剩下十天。

今天同時也是世界之妹——比企谷小町的生日。

可是，我從早到晚都排滿行程。

本來想為小町買好充滿愛情、價格普通的禮物，盛大慶祝一番，這幾天卻因為一堆舞會的事情要處理，拖到現在都沒準備。我恨，我恨工作……我差點跟平常一樣口吐怨言，不過這次是我主動擔下的工作，因此我將抱怨吞回去，反過來激勵自己，從床上跳起來。既然是自己決定要做，就沒什麼好抱怨的。我就是自己的雇主，再怎麼不滿，再怎麼抱怨，再怎麼大哭，只會罵到自己。這就是自僱人士的悲哀之處。

不曉得是不是因為連日的疲勞，腦袋好像罩著一層濃霧。我昏昏沉沉地走去浴室，用進入三月依然冰冷的水洗臉，硬撐開眼睛。

望向時鐘，現在已經過了上午九點。不快點的話可能會遲到。我衝上樓，跑進房間，快速穿好掛在牆上沒收的制服，抱著該帶的東西衝下樓。

我探頭觀察客廳，想在出門前跟家人說一聲。還沒換下睡衣的小町把腳放在暖桌裡，呆呆地看著電視。

看來父母還在深沉的夢境中，客廳除了小町，只有在窗邊的陽光下睡得香甜的小雪。

「那我出門了……」

「嗯。路上小心——」

我穿上外套，小町看著電視對我揮手，小雪用尾巴拍了一下地板。

跟平常的假日一點差異都沒有。今天是小町的生日，她本人卻沒什麼感覺的樣子。我可是感慨萬千，感慨到不曉得可以幫田澆多少水。是感慨不是灌溉啦！

然而，無論我多麼感慨，幫小町慶生的準備都不夠周全。最近連晚餐的話題都被工作汙染，也沒空跟由比濱討論生日禮物要送什麼。

即使想回家再幫她慶祝，時間、金錢和精神都不夠。小町自己說不定不怎麼在意，但不送上一句最基本的祝福，我的心裡會過意不去。

「啊……小町，生日快樂。」

我清了一下喉嚨，才咕噥著說。當面講出這種話實在很難為情，幸好小町沒轉過來……這時，小町往後躺下。

她翻了一圈，趴在地上撐著臉頰，「呵呵呵」地笑出來。

「謝謝哥哥——」

剛才還背對著我，看似完全沒在聽我說話，一聽見我的祝福，就開心地靦腆一笑。這可愛的模樣令我忍不住揚起嘴角。接著，小町又「哼哼」地用鼻子笑了……用鼻子？我對她投以疑惑的目光，小町滔滔不絕地說：

「故作平靜，表現得跟平常一樣，聽見哥哥的祝福卻顯得很高興……小町覺得剛才這招分數挺高的。」

是啊……如果妳沒破梗，分數會更高……不過，我知道這是小町特有的遮羞法。光憑這點，就讓接下來要說的話有點難以啟齒。

「我今天……」

「嗯，沒關係。小町知道。」

她輕輕點頭，露出微笑。

「結衣姐姐在等吧？快去吧。」

「……妳怎麼知道？」

我沒跟小町提過今天的行程啊……我半是驚恐地問，小町抓起手機，對我晃了晃。

「凌晨十二點時，她傳簡訊來祝生日快樂，然後就聊到了。」

「這，這樣啊……」

小町講得輕描淡寫，我卻有點害怕。妹妹從別人口中得知自己的行程，不覺得很可怕嗎？我說比濱同學，您是否跟小町講了很多事？我想確認一下那個聯絡網的涵蓋範圍……可是隨便亂問的話，打草驚蛇可就糟了。男人心真複雜！

「唔──」

我發出沉吟，小町挺胸豎起手指，得意地笑了。

「收到祝賀收到禮物，小町是很高興沒錯。不過，等大家到齊再一起慶祝就好。」

「……嗯，是啊。」

我簡短回答，然後突然想到。

大家嗎？小町是在指誰，我隱約能夠明白。只不過，她的願望能否實現，我完全沒自信。

小町撐著頭看我，可能是因為我的聲音不知不覺變低，令她感到疑惑。抬頭看著我的視線有種試探的意味。我跟她四目相交，下意識露出無奈的苦笑。小町看了，微微聳肩，嘀咕道：

「……好啦，不用大家都在也沒關係。最壞的情況，只要有哥哥在就勉強可以接受。」

她的語氣透出一絲溫度，我也得以放鬆下來，輕笑著回：

「最壞的情況是怎樣啦……咦，勉強可以？」

「怎樣都好的意思。這不重要，別讓結衣姐姐等太久。」

小町一副「好了啦，快去快去」的態度對我甩手，又滾了一圈，然後輕聲嘆息，彷彿在克制情緒。我看了她一眼，離開客廳。

× × ×

由於我太晚出門，只好放棄騎腳踏車，改搭電車和公車前往。搭車期間，我也在不斷地翻閱資料，為待會兒的會議做準備。

幸運的是，多虧由比濱幫忙交涉，見面的時間很快便談妥。雖然不太想跟玉繩說話，這也是工作的一環。想通這一點後，我拿出商業用語書籍認真閱讀，努力增加跟玉繩的共通語言。

不久後，我抵達最近的車站，趕往做為開會地點的社區中心。

若能在我們學校討論當然最輕鬆，但學校基本上禁止外人進入。只要乖乖辦手續，外人也可以進入校內沒錯，但我不是學生會成員，八成沒那麼簡單。話雖如此，在外面的咖啡廳又有點太隨便。考慮到開會過程會上傳到社群網站，最好挑在有辦公室感的地方。只要能幫舞會增加一點點現實感就行……我邊走邊想，這時，手機震動起來。

拿出手機一看，是由比濱傳的簡訊。內容只有一句「還沒到嗎？」我一面回覆「快了」，一面覺得真是難得。由比濱的簡訊總是偏長。

事實上，我已經來到社區中心前。我在入口附近張望，卻沒看見由比濱。看來她已經先進去。

我也快步跑上樓，前往事先預約的小會議室。

某個房間隱約傳來折本的聲音。用不著確認門牌，就知道會議室在這裡。我敲幾下門後，打開進入室內。

由比濱已經在裡面，玉繩和折本坐在她的對面。

「啊──比企谷，好久不見──」

折本輕鬆愜意地對我揮手。抱著胳膊坐在旁邊的玉繩「呼──呼──」地把瀏海往上吹，往我這邊瞥。

我「嗨」了一聲，點頭致意，拉開由比濱隔壁的椅子。由比濱沒有出聲，用嘴型跟我說「嗨囉」。妳也知道在別人的面前說「嗨囉」很難為情嘛。很好。不過，那種像在說什麼悄悄話的感覺，被別人看見也很難為情好嗎！

我像要掩飾害羞般，悄悄問由比濱：

「不是約好在外面會合？」

「嗯……呃，我在門口遇見她，然後，她說天氣很冷，叫我進裡面等……」

由比濱困擾地摸著丸子，浮現淡淡的苦笑。恐怕是折本用一如往常的隨便態度跟由比濱搭話，就這樣慢慢把她拐進去。然後，在我抵達之前，由比濱面對這兩個不怎麼熟的人，度過一段尷尬的時間……討厭，真不好意思！

「啊，是喔……抱歉。」

我低頭道歉，由比濱搖搖頭，用微笑回應。折本似乎看在眼裡，雙手合掌，發出異常響亮的聲音。

「啊——對不起喔！由比濱同學想等你，是我叫她進來的。外面那麼冷，我想說進來等也沒關係吧。」

像這樣乾脆地道歉，確實挺符合折本的風格。與其說不在意彼此間的距離感，更像明知雙方隔了一段距離，依然試圖接近。這個人以前就是這樣。

「是，是嗎……沒關係，我完全不介意。」

由比濱也在旁邊點頭，對折本微笑。

「對，對呀對呀！我也覺得很冷，真的沒關係！」

「這樣啊，那就好……」

折本也露出類似的假笑，摸幾把頭上亂七八糟的捲髮。

怎，怎麼回事……這尷尬的氣氛……光是遇見折本一個人，我就陷入「完了……」狀態。再加上由比濱，豈不是變成「完了完了完了完了——完了完了——完了完了……」（註44）都快擊出完了真拳了……

由比濱和折本對彼此輕笑。至於笑容底下的表情，則不得而知。

莫名沉重的沉默降臨，折本嘆了一口氣，說道：

「對了，為什麼不是比企谷來找我？由比濱同學突然來聯絡，我嚇了一大跳耶。」

折本瞇眼看著我，語氣雖然散發出不滿，這句話本身聽起來卻像在說笑。託她的福，氣氛和緩許多，我沉重的嘴巴也慢慢打開。

「啊——沒啦，之前換手機的時候，發生了一點事情，所以就……」

總不能當著她的面說我把聯絡方式刪了，因此我隨口蒙混過去。折本自己做出解釋，「我知道我知道」應聲附和。

「啊——換手機的話，也會跟著換信箱嘛。我加你的LINE好了。」

「我沒有在用LINE。」

「真好笑。那是女生才會用的藉口吧。」

「不，並不好笑。女生拒絕別人的方式未免太過分……」

拿這個當例子，代表折本身邊的女生都會這麼做嗎……難不成，是跟葉山出去玩時，和她在一起的那個女生，仲町同學嗎！我懂～她感覺很有可能幹這種事～我失禮地擅自下結論，折本不知為何歪過頭。

註44 原文為「べべべーべべーべべー」，惡搞自漫畫《鼻毛真拳》的原文《ボボボーボ・ボーボボ》。

「咦──那怎麼辦呢？」

她看著其他方向，同時用手機自拍，順便思考。一旁的玉繩仍在吹瀏海，不時假裝咳嗽。接著，他果然對我投以銳利的視線。我接收到他的意圖，跟著假咳，中斷和折本的對話，開始尋找包包裡的東西。

「呃，這個之後再說……今天我是代替會長，不如說以會長代理人的身分來的。」

我秀出今天要討論的議題──假舞會企劃書。這份企劃書事前已經傳給玉繩跟折本，我還是印了一份紙本做為會議用。這是社畜的鐵則！無紙化究竟有何意義……

「我們學校在籌辦舞會，想擴大它的規模。不是立刻，是為明年以後的舞會做準備……」

聽見我這麼說，旁邊的由比濱瞬間驚訝地看著我。我點頭回應。

對我們來說，這個舞會本身雖然是以今年的畢業典禮為目標籌辦，那也僅限於總武高中。

實際上，正在製作的網站也沒有寫今年還是明年這種確切時期，只有掛著「新舞會」的招牌。

就玉繩他們看來，應該不會覺得如此荒誕無稽的計畫要在今年執行。有充裕的時間，計畫也比較容易得到贊同，沒必要特地全盤托出。

然而，在部分總武高中囉嗦家長的腦中，只有今年的舞會。所以說到新舞會的計畫，當然會將兩者聯繫在一起考慮。

他們本來就看舞會不順眼，如果有人要把舞會搞得更鋪張，肯定會拚命想辦法搞垮這個計畫。

事實上，關於我說的時期問題，折本跟玉繩都不怎麼關心的樣子。看來他們打從一開始，就認定是明年以後的事。

「喔——」

折本拿起企劃書，發出懶洋洋的聲音。

「啊——這個呀。」

這本企劃書的封面，用帥氣得不得了的字體印著意義不明的文字。不過只要是玉繩同學，他一定看得懂！我對玉繩寄予一絲希望，偷偷瞄過去。

玉繩專注地一頁頁看著企劃書，偶爾停下手來，面色凝重，不時大嘆一口氣，不曉得是不是發現在意的部分。

不久後，他慎重地闔上企劃書，抬起臉，筆直地盯著我。

「……企劃書我看完了。」

他一邊說，一邊用手指緩緩敲著桌面，還吹一下瀏海。

「考慮到多樣性這一點還不錯。不過，其他部分會不會過於抽象？不必要的部分太多，企劃意圖的重點完全偏移。」

這句話傳入耳中的瞬間，我受到太大的震撼而張大嘴巴，為之愕然。

「你說……什麼……」（註45）

這招對玉繩竟然沒有用……感覺很潮的英文……？在我驚訝的期間，玉繩接著說：

「我覺得你最好加強表達能力，注重企劃的可視化。當然，你預料到體驗型活動的可能性，我也深有同感，但執行方式並不合理。」

他搭配太極拳般緩慢誇張的手勢，一條一條指出缺點，彷彿在教育別人，最後用右手撥起瀏海。

「所以，你的企劃不可行。」

玉繩的眼神似乎在憐憫我：「你還停留在那個階段啊？」

怎麼會這樣……我忍不住對由比濱投以「這傢伙是這種個性嗎……」的疑惑目光，由比濱輕輕搖頭回我「不知道，我本來就對他沒興趣」。

苦惱過後，我低調地望向折本。折本面帶苦笑，搔著臉頰。看來玉繩最近就是這個調調。

好吧，人稱菁英的那些傢伙被世人嘲諷很久了，說不定連玉繩本人都有所感覺，試圖做出改變。

某種意義上可以稱為成長吧。所謂士別三日，當刮目相待……這傢伙正是如此……但要是就這樣被玉繩牽著走，我會發出豪爽的「嗚啊啊啊啊啊啊」慘叫聲

註45 漫畫《死神》的常見臺詞。

被擊敗。

不，現在可不是佩服他的時候。萬一玉繩不上鉤，我的計畫會整個亂掉。怎麼辦……我急得不得了，不知不覺抖起腳來。玉繩慢慢用手指敲擊桌面，像在等待我的回應。由比濱不安地看看我，又看看玉繩，不停輕聲嘆氣，折本則在偷笑。

各自發出的噪音重疊在一起，形成類似不協調音的音軌。韻律感與節拍使我越來越焦躁，心想「總之得說些什麼才行」，開口胡扯一通。

我想到什麼就說什麼，很有自己的 freestyle。菁英系詞彙與日文 RAP 異常相容。

「你擔心的是 budget？不過預算不夠我們是習慣的。既然如此就該使用 gadget，因應規模做出 adjust。我想做的是 suggest。」

我根本沒在管押韻和節拍，隨便講了一連串。玉繩以規律的節奏點頭，聽我說完後，隨即在空中畫了個圓，回擊：

「你的主題簡直隨便，內容也近乎愚昧。如果到時候計畫不夠完備，我們也會受到連累。看不見確切的方針對不對？不想出解決方式企劃就作廢，這些癥結點大家要一起面對。」

他從容不迫地提出觀點，我被駁得說不出話，但還是努力掙扎。

「我也評估過企劃草案，需要的是當地招牌。雖然確切方針還沒定下來，主要概念其實就是親手送畢業生離開，但沒有起頭就只能一直擺爛。關於預算只要把

crowdfunding 也列入考量就很簡單。」

我擦掉額頭冒出的汗，玉繩挑起眉毛，冷靜地開始傾聽。

他確認我已經說完後，停頓片刻，翻開企劃書，拍拍我為了釣他上鉤，特別加入的菁英味濃厚的部分。

「我確實對這個活動有興趣，但這些部分我存有疑慮。企劃書裡真正重要的只有幾段文句，除此之外的內容大可刪去。共同合作既然是必須，團隊意識就要凝聚。現在這個狀況只會讓會議無法繼續。」

他的手擺動的速度越來越快，最後宛如一把手槍，霸氣地指向我。

這個動作固然很好笑，玉繩銳利的視線卻令我啞口無言。他說的確實沒錯，我寫企劃書時太小看玉繩了。本來以為只要塞一堆當紅的商業用語，他就會被吸引住，所以當時根本沒有想那麼多。

然而，人是會變的。正因為是聖誕節活動時，被雪之下當面明白指出缺點的玉繩，才有改變的餘地吧。

「啊——呃，那個……」

我講到一半就放棄了。隨便啦，我無話可說，這傢伙果然很強。我不行了。好強……我深深嘆息，舉白旗投降，玉繩得意地揚起嘴角。

「所以，你的企劃不可行。」

他又直截了當地說了一遍，我瞬間語塞。比賽是八小節兩回合制，用不著比到

第三場，我就敗在暴擊下。（註46）

「那個……怎麼辦呢……」

我垂下頭，在旁邊觀察局勢的由比濱看不下去，半是困擾半是無奈，拘謹地開口詢問。這時，一直看著我和玉繩爭論，拚命忍笑的折本，輕輕擦掉眼角笑出來的淚水，「呼──」吐出一大口氣，拿起企劃書。

「可是，感覺挺有趣的耶？不覺得嗎？」

「啊，對吧對吧？」

折本對由比濱說，由比濱臉上瞬間綻放笑容。折本似乎只是基於興趣隨口說出的，但玉繩一聽到這句話，瞬間露出充滿男人味的笑容，還順便打響指，外加拋媚眼。

「是啊。是不錯。」

「咦……」

你前一秒才把這個企劃批得一文不值耶。目睹漂亮的一百八十度大轉彎，我發出錯愕的聲音，盯著玉繩。他大概也覺得尷尬，輕輕咳了一聲，將視線移回企劃書上。

「我們當然沒有反對這個企劃。只不過，一開始沒有達成共識的話，雙方的理解

註46 惡搞自日本的 RAP 比賽節目《FREESTYLE DUNGEON》，採八小節兩回合制，三戰兩勝，評審的判決一致時算暴擊，直接決定勝負。

一定會有出入。我想先加強這個部分。」

玉繩看了我一眼，我點頭回應。

「你把這份企劃書當成草案就好，我只是想把活動寫得豪華一點。如果這樣造成理解上的困難，我道歉。所以，能不能從頭開始討論可行性？」

我把手放到大腿上，有那麼一點誠懇地低頭請求。由比濱也跟著低頭。

「拜，拜託……」

玉繩興致勃勃地看著我們，折本驚訝得連連眨眼。神祕的沉默降臨，尷尬的氣氛害我扭來扭去，折本「唷」地吐出一口帶著些許笑意的氣。

「……有什麼關係呢？會長，試試看嘛。」

折本用手肘戳玉繩。玉繩每被戳一下，就發出「唔呼」、「嗯嗯」的奇怪聲音。嗯──我懂你的感覺。我國中時也以為會死在這種肌膚接觸下……玉繩悶哼了一陣子，不久後終於冷靜下來，摸著被戳過的部位重啟話題。

「……說得也是，幸好時間還夠我們評估。得在這段期間以活動成功為目標，確實達成共識。」

「我覺得可以！」

折本豎起大拇指。玉繩跟著心情大好，笑著摸摸下巴，十指交握，身體向前傾。

「說到目的，有這樣一個故事。很久很久以前，某座城市有三名磚頭工人……第一個工人被問到『你在做什麼』時，你覺得會怎麼回答？」

玉繩打了個響指，指著我。他八成是興致來了，搬出不曉得在哪裡聽來的商業寓言，還硬要我回答。然而悲哀的是，我寫企劃書時，早已看過一堆這種類型的故事。

「我在蓋流傳後世的宏偉大教堂。」

我帶著「對不起喔，一下就答出來了」的內疚，講出正確答案。玉繩滿意地點頭。

「沒錯，他說『我在堆磚頭』。問第二個人，你覺得他會怎麼回答？」

玉繩這次用雙手打響指，指著我。由比濱聽見他說的話，面露疑惑。我搖頭叫她不要管。認真就輸了。

明知聲音傳不進玉繩耳中，我依然給出相同的答案。

「……我在蓋流傳後世的宏偉大教堂。」

「沒錯。他說『我在工作』……至於第三個。」

玉繩環視我們三人，隔了一段時間，鄭重其事地開口。

「……他回答：『我在蓋流傳後世的宏偉大教堂』。」

「喔，喔……」

面對兩眼發光的玉繩，我除了驚訝，便想不出如何回應。不知玉繩是如何理解我的驚訝，他非常滿足地吐氣。

「現在應該仔細想想，我們的目的是什麼。」

他站起來，側身回頭望向我們。

「你知道如何打倒得士尼嗎？」

玉繩沒等我回答，開始在會議室裡走來走去，鞋子發出「喀喀喀」的高亢腳步聲。

「按照一般的做法，我們不可能贏過得士尼。因為得士尼無限接近於完成體。所以，要反過來想——如何做出未完成的東西，又帶有娛樂性。」

他在會議室繞了兩圈左右之後，停在白板前，在白板上畫起神祕的圖表。

「一直拿九十分以上的人，跟以前總是考零分，這次突然考五十分的人，何者較為幸福？只要這樣想就好。我們該做的不是如何找來一萬人，而是如何用一萬人的力量去做。」

玉繩拍了一下白板，由比濱大概是被他的氣勢影響，拍起手來，讚嘆出聲。

「喔～我大概能明白……大概……」

我瞇起眼睛，懷疑地看著由比濱。她偷偷別過視線，咕噥著補充。另一方面，折本邊玩手機邊點頭。

「我懂！我覺得可以！」

妳根本沒在聽吧……我雖然這麼想，玉繩說的並沒有太大的問題。他的理論本身不是沒道理，說可以是可以沒錯……話說回來，他講這種話的時候，給人一股強烈的「你哪有資格說」的感覺……說不定這種菁英分子成長後，最終會變成ＩＴ

系。如同抽ＩＴ社長卡池，卻只抽到最低稀有度。

這傢伙只是不再賣弄煩死人的英文而已，本質完全沒變……

在稻毛海岸聽過的熟悉對話，對我來說毫不新鮮。我想這就是成長的證明。

在我思考之時，剛剛還在大放厥詞的玉繩看著白板，自言自語。

「……以明年以後舉辦為目標，從現在正式開始準備吧。得慢慢累積成果才行。」

他回過頭，臉上帶著有點苦澀的笑容。

玉繩八成也發現自己說的話有多空虛。因此，他仍然借用了別人的話，內心期望著即使如此，希望總有一天能成真。等到行動帶來成果的那一天，那些借來的話就會真正成為玉繩的話語。期待他將來的發展！

雖然之前被他害得很慘，這次我真的慶幸能跟玉繩合作。他不僅是假舞會的重大要素，在明年以後八成由一色籌辦的舞會上，或許真的會成為可靠的同伴。不愧是海濱綜合的 **represent**，以增進 **neighborhood** 的 **homey** 來說，你已經是 **my man** 啦！得拍幾張 **my man** 的照片才行！

「……我可以把開會的景象拍下來嗎？還有，方便的話，我想放在網站上。」

「當然沒問題。噢，那最好寫得簡單明瞭一點。」

玉繩一口答應，然後在白板上補充幾行字，搭配像在捏陶的手勢解說。我把這個景象拍了下來。

會議室的租借期間快要結束——甚至有點超過時，玉繩的演講終於結束。我們離開社區中心的時候，太陽已經升到天頂，用正午的陽光照亮街道。

折本走向人潮擁擠的站前，轉身問我們：

「你們之後有什麼打算？回家？吃飯？」

「啊，我們要回學校忙……」

「這樣呀——那下次再一起吃飯囉。」

由比濱愧疚地說，折本垂下眉梢。由比濱合掌道歉，我也順便點頭致意。一旁的玉繩像要檢查喉嚨的狀態，假裝咳嗽，踏出一步，和折本並肩站在一起。

「那麼，今天就到此解散。這樣的話，我和折本同學之後還有一些時間，要不要……」

玉繩有點臉紅，頻頻偷瞄折本，支支吾吾地說。剛開始還挺有氣勢的，可惜之後聲音越來越小。折本不曉得有沒有聽進去，滿不在乎地點頭回應。

「嗯，回家吧。」

「是，是啊……」

玉繩嘴角抽搐，勉強擠出一句話。然而，他立刻打起精神，筆直走到我面前，吹起瀏海。

「……下次開會的時間訂好後，可以 remind 我嗎？」

老實說，並沒有那個計畫，可是我輸給他的魄力，只能點頭答應。

雖然不知道為什麼……加油啊，玉繩！

× × ×

假日的校舍一片靜寂，所有聲音都空虛地迴盪著。

包含操場在內的室外明明很熱鬧，一踏進校舍，就有股冰冷的拒絕感。唯有遊戲社辦內，氣氛緊張得如同賭場。

「……好，完成。」

「這樣就上傳到測試環境了……」

秦野大力按下確認鍵，然後直接趴到桌上。相模弟疲憊地把筆電推給我。

我看了一下，官方網站做得跟設計稿差不多。很有時髦感的大型主視覺圖，加上小小的文字說明，還有社群網站的欄位，就這樣。儘管還處於前導網頁的階段，短短幾天就做到這個地步，已經很了不起。

「材木座，你隨便貼一些什麼看看。」

「唔嗯……我按！」

我一聲令下，材木座就發出一篇附上一堆標籤，看起來很歡樂的文章。我重整頁面，社群網站的欄位便出現熱騰騰剛出爐的玉繩捏陶照，以及「跟海濱綜合高中針對舞會交換意見！今後也會和附近的學校維持交流！」的文字。

「哇，好像很厲害——不錯嘛！」

在我後面觀看螢幕的由比濱，興奮地拍我的肩膀。我因為她靠得太近而感到困惑，將筆電還給相模弟，順便委婉地從由比濱手下逃離。

「好，正式上傳。材木座暫時負責更新文章。」

「了解。」

「交給我吧。」

相模弟和材木座點頭應允，只有秦野一人看著螢幕，面色凝重。

「這樣就行了嗎？」

「嗯，以內容來說，足夠了吧。」

把討論的過程當成實際成果放上網站，再暗示會去找其他學校，理應能營造出不能不處理的氣氛。那場會議也只說是「交換意見」，這個計畫告吹後，應該能拿來推卸責任。照理說，只有那些對舞會有意見的人，會對此產生過度反應。

我正準備解釋，秦野歪過頭斜眼看著我。

「……不，我是想問，消息會不會傳不出去。」

「嗯，是啦……雖然只要讓部分家長發現就好。太多人知道的話，之後處理起來反而很麻煩。我覺得這樣剛好。為了以防萬一，我會把消息洩漏給家長方，他們應該很快就會有反應。」

然而，對方超級難搞……想到等等的工作，我便不自覺垮下臉來，嘆息自然而然從口中傳出。由比濱看著我，一臉疑惑。我接著說道，好蒙混過去。

「不好意思，麻煩大家這兩天注意一下有沒有問題。」

秦野點點頭，重新面向電腦，跟相模討論起今後的安排。

我看了一遍每個人的情況，輕輕吐氣。

硬體方面大部分都搞定了。臨時趕出的超級急件，粗糙的部分和缺陷也很明顯，但我們盡力了。不對，是他們盡力了。託大家的福，只要撐過這個週末，船到橋頭自然直。誠心感謝材木座跟遊戲社。

「順利的話，下週一就能看見成果……總之謝謝。得救了。」

用這麼小的音量道謝真遜，但我還是把手放在張開的大腿上，緩緩低頭。

材木座和遊戲社都一副看見珍禽異獸的樣子，只有由比濱滿足地微笑。被人一直盯著看實在很彆扭，於是我清清喉嚨。

「哎，之後再答謝你們。抱歉，假日還麻煩你們出來。想走的時候就自行收工吧……總之，辛苦了。」

話一說出口，我就拿起東西迅速離席。上司不回家的話，大家也不好意思離開嘛！多麼體貼瀟灑。全世界的上司都該跟我學習。

「啊，等一下……謝，謝謝大家！之後來辦慶功宴吧！」

由比濱也跟著站起來，精力十足地對材木座他們高高舉起手。秦野跟相模弟回以含糊的笑容。

「呃，慶功宴就……」

「好吧，我會考慮……」

「唔嗯。我只能說，有時間的話就去。」

只有材木座回答得很有精神。這句話通常是不會去的時候才說的，但由材木座說出口，給人一種他真的會來的感覺。真不可思議……

三人沉浸在大功告成的解脫與充實感中，開始閒聊。我放著他們不管，和由比濱一起離開遊戲社。

很遺憾，我還有工作要做。我從口袋拿出手機，邊走邊按。隔壁的由比濱也邊滑手機邊看我。

「你等等還要做什麼？回家？」

「不……先打通電話，視情況而定。」

我嘴上這麼說，手中的電話卻遲遲不撥出。看見螢幕上的通訊錄，我再度深深嘆息。

本來應該更早聯絡那個人才對。

不想打的電話或簡訊會忍不住拖拖拉拉，此乃人之常情。例如報告工作進度，或通知會晚到。這種伴隨不安與愧疚的內容，總會想拖到之後再處理。這就是廢人的心態。結果，拖到最後一刻，變成對方先來聯絡，造成巨大傷害。明知後果，卻控制不住……

但唯有這次，無論多麼不甘願，在沒有其他選項的狀況下，我只能這麼做。

我皺眉瞪著手機，由比濱納悶地看了看我和手機。

「電話……要打給誰？」

「……幫忙洩漏消息的人。」

我來到從通往特別大樓的露天走廊，終於下定決心。由比濱一直擔心地看著我，使我做好覺悟。

我嘆出一口長氣，瞄向由比濱。

「……抱歉，我去打個電話。」

「嗯。」

這句話的意思是要由比濱先走，她卻停下腳步，表現出要等我的意思。這樣的話，我也不好意思開口叫她回家……

沒辦法，我指向走廊上的長椅，使眼色要她在那裡等。接著，我按下通話鍵。

電話響了兩三聲，對方很快就接起來了。

『嘻～哈囉～過得好嗎？』

「……託妳的福。」

跟我電話另一端的人——雪之下陽乃表現得輕鬆自在，彷彿前幾天的對話從未發生過。聽見她的聲音，我深刻感覺到臉頰在抽搐。也許是因為這個關係導致我聲音變調，愉悅的笑聲自聽筒傳出。

我快速地接著說，以抹去被她看穿的不快感。

「有件事想跟妳商量，可以嗎？」

『當然可以。非常歡迎。』

「不好意思這麼突然，今天晚上方便嗎……」

對方呼出一口氣，似乎想了一下。

『嗯……真的很突然呢。好吧，是沒關係。那你可不可以過來找我？進去購物中心後，有一家咖啡廳。』

「……啊——那邊啊。」

陽乃只煩惱了一瞬間就馬上回答，我有點不高興。關於她指定的地點，我隱約有點印象，而給予不明確的回應。

這時，坐在長椅上的由比濱站起來，像要靠到我身上似的，偷偷把耳朵湊近手機。這個舉動嚇我一跳，心跳跟著漏了一拍。但我總不能推開她，便迅速往旁邊移動，與她保持距離。由比濱卻面露不悅，又往我這邊逼近。

無言的攻防戰引起陽乃的疑惑，問我：

『怎麼了？』

「沒有，沒什麼。」

我立刻回答，按住話筒，小聲責備由比濱。

「……幹麼啦？我在講電話……」

「你要跟陽乃姐姐見面嗎？」

由比濱打斷我說話。語氣比平常尖銳一些，表情也有點苦惱。看見這種表情，我不忍心欺騙她，也不忍心亂掰理由打發她，只好簡短回答。

「……嗯。我想請她漂亮地幫忙把網站的事洩漏出去。」

「我可不可以一起去？」

由比濱的語氣比平常尖銳一些，表情看起來很苦惱。

「為什麼……」

我問她，由比濱緊抿上嘴唇，沒有回答。不過，她用堅定的眼神告訴我，就算我想拒絕，她也會跟去。

說實話，我不太想答應。每次與雪之下陽乃見面，都不會有好事。我不好意思把由比濱也牽扯進來。然而，在我猶豫的期間，聽筒傳出不耐煩的「喂喂——」聲。我急忙把手機拿到耳朵旁邊。

「啊——對不起……那，我和由比濱等等過去。」

『比濱妹妹？嗯，好啊——』

陽乃想都不想，隨口回答。約好時間及地點後，她就逕自掛斷電話。

我無力地放下手機，望向由比濱。她握緊背包上的吊飾，咬住下唇。

「走吧……」

我叫了她一聲，由比濱微笑著點頭。不過，跟在我後面的腳步聲靜悄悄的，沒有平常的活力。

緩慢，安靜，讓人察覺不到。

我想，這大概是接近終點的聲音。

× × ×

夕陽沉入海平面，西邊的天空剩下幾絲餘暉。街燈與大樓燈光，照亮太陽遲遲不下山的城市，行人的影子往好幾個方向伸長。

陽乃指定的咖啡廳已經聚集不少顧客，時尚的歐式風格搭配輕柔的音樂，散發出沉穩的氛圍。

店員得知我們的來意後，帶我們來到露天座位。初春的風還有點冷，夜晚的氣溫又低，所以這一區的客人三三兩兩。

只有裡面的一角，雪之下陽乃身邊沒坐任何人，如同一塊空白區域。

陽乃披著深紅色的外套，坐在傘型電暖器下靜靜看書。她身穿長裙，腳上是一雙短靴，腿上隨便蓋著毯子，不曉得是不是店家提供的。她不時用手裹住玻璃杯暖手，端起來啜飲。

看到她的身姿，我駐足片刻，瞇起眼睛。陽乃給人的感覺，與許久不見的景色重疊在一起。

然而，我只被迷惑短短一瞬間。陽乃發現我們，微笑著揮手。

我輕輕低頭致意，乖乖走上前，跟由比濱一起坐到對面的位子。

「要喝些什麼嗎?這裡的麵包也很好吃。」

我想盡快完事，所以只打算點跟陽乃一樣的東西。但話還沒有說出口，我就發現她喝的似乎是熱紅酒。每當紫紅色液體晃動，就散發濃郁的肉桂香。

「咖啡。」

「啊……我要紅茶。」

我們迅速點完餐，等待飲料送來。這段期間，陽乃將書籤夾在看到一半的書中，收進包包。

「所以?什麼事要找我商量?」

她的身體微微前傾，撐著臉頰凝視我的臉。那雙眼睛害我想起前幾天的事。妖豔的紅唇勾起弧度，大眼彎成弓形看著我。在桌子底下翹著的修長雙腿，腳尖碰到我的膝蓋。

想說的話轉變為嘆息，糾纏在喉嚨。我開始口乾舌燥。

老實說，我並不想跟陽乃說話。我不討厭這個人，要說不擅長應付的話，大部分的女生我都不擅長應付。將單純的要素拿出來一個個審視，也不會厭惡。無論外型或內在，都有許多令人抱持好感的部分。

但我害怕。有種在深夜看見的鏡子，在昏暗的房間內發現窗戶打開一條縫，洗澡時的背後氣息，這種不敢確認真相的恐懼。

一旦講出什麼話，會不會統統被她掌握，再度被迫面對不想知道的事實?如此

的不安湧上心頭。

「那個，是關於舞會……的事。」

由比濱看不下去我的吞吞吐吐，主動開口回答。

「什麼嘛，原來是那個。」

陽乃臉上的喜色宛如假象，逐漸消失。她靠到椅背上，明顯失去興趣。

「說有事商量，通常都是戀愛諮詢吧。」

她像在開玩笑般，誇張地聳肩，表現出無奈。我輕嘆一口氣。

「說有事商量，通常都是有事拜託吧。」

我用剛送上的咖啡潤潤喉，成功隨口開了個玩笑。陽乃也笑著回應。

「真像上班族。」

「但我討厭上班。」

我揚起一邊的嘴角，諷刺地說，肌膚感覺到氣氛緩和下來。一旁的由比濱也鬆了口氣。我知道這樣想很窩囊，但由比濱有跟來，真的太好了。要是只有我一人，八成會一直被陽乃牽著鼻子走。就算表面看來順利躲開，也會在內心深處被她逮到。

我對由比濱輕輕點頭，表示沒問題了。儘管對陽乃的抗拒感不可能這麼簡單就消除，我可不想讓人看見自己這麼廢的模樣。

我又喝了一口咖啡，拿出手機。

「想請妳幫忙放出這個消息。」

我打開不久前才做好的官網給她看。

陽乃看了螢幕，立刻輕聲嘆息。

「哦……我不懂耶……」

「呃……有人反對舞會，所以，只要想一個新的──」

由比濱準備說明，陽乃露出溫柔的微笑，打斷她說話。

「嗯，這我明白。不用解釋沒關係。」

陽乃好像掃一眼網站上的文字就看出大概了。感謝她幫忙節省時間。

我才正要為不用說明詳情鬆一口氣，呼吸瞬間停住。

察覺到雪之下陽乃靜靜盯著我的冰冷目光，我為之屏息。

「我不懂的是，你為什麼要這樣做……我不是跟你說清楚了嗎？你們三人的關係。」

含笑的聲音明明透出一絲調侃，聽起來卻有著無可奈何的悲傷。彷彿在斥責過錯，彷彿在哀嘆失敗，她所說的一字一句，如同流進神經的冰水，迅速令我凍結。

「你真的覺得這樣是為她好？」

「……跟雪之下沒什麼關係。她沒拜託我，是我自己要做的。所以，算是自我滿足。」

我講出事先想好的理由。

拜託雪之下陽乃放出消息的時候，我就知道躲不過這個問題。因此，我選擇最簡潔、錯誤最少的說法。即使與絕對的正解相去甚遠，想必也不是錯誤答案。至少，是我心中真理的一部分。

然而，這對陽乃實在不可能管用。正因如此，我才一直避免跟她見面，直到沒有其他選擇。

陽乃輕笑出聲，拿起熱紅酒喝。她一面撫摸杯緣，一面像糾正錯誤般地對我說：

「雪乃沒有拜託你，是你自己要做的……所以不是共依存……這只是表面上吧？結果什麼都沒有改變。」

我沒辦法立刻否定，無言以對。由比濱不安地看著我和陽乃。

一色、葉山，恐怕由比濱也是，雖然沒有直接說出口，他們大概都是這麼想的。我也有所自覺。那是搬弄文字的推託之詞。

「雪乃選擇自立，想結束這段關係。你能做的難道不是在一旁守望她嗎？」

陽乃的聲音溫柔無比，彷彿在勸導孩童。

我無法直視那雙眼睛，而低下視線。我不禁深深體會到，陽乃肯定才是正確的。我下意識抓緊外套的下襬。

「……我覺得，不是那樣。」

由比濱喃喃說道。聲音明明微弱得快被風聲蓋過，卻清楚傳進我的耳中。從那壓抑住情緒的聲音，無法得知她的表情。我望向由比濱的臉。

她沒有看我，也沒看陽乃。由比濱挺直背脊，凝視桌面的某一點。

一直只看著我的陽乃，視線轉移到由比濱身上，然後微微歪頭，催促她繼續說。由比濱理解了她的意思，緩慢開口。

「『守望』聽起來很好聽。不過到頭來，只是在保持距離而已。逃避對方，遠離對方，就這樣什麼都不做的話，什麼都不會改變。然後，大概，會就這樣結束的。我們也好，舞會也好……」

顯得比平常還要成熟的側臉，被店裡的朦朧燈光照亮，映出虛幻的陰影。美麗的身影與寂寞神情，使我的胸口竄過一陣疼痛。或者也有可能是因為，我太過輕易就想像出她所說的結局。

「所以，必須盡量待在附近，主動去干涉。為了好好做個了結，這是必須的。所以……」

一字一句，抓不到重點的話語，最後轉變為嘆息。我不知道由比濱接下來想說什麼，也看不出她低垂的臉上，帶著什麼樣的表情。

即使如此，我還是明白一件事。不對，其實我早就明白了。

「是啊……必須，好好做個了結……」

這句話不是對任何人，而像對自己說的。由比濱默默點頭贊同。

想要好好做個了結，大概是我們一直以來共同的願望。重新確認了這一點，我才終於有辦法抬起頭。

我和陽乃四目相交，她露出溫柔的微笑，微微歪頭，瞇起眼睛。

「什麼樣的結局都可以嗎？就算那是雪乃……任何人都不期望的結局？」

「沒關係。」

我回答得毫不躊躇。看見我的表情，陽乃像措手不及似地倒抽一口氣。接著，她收起笑容，用比剛才更加冷淡的語氣問：

「……比企谷，為什麼要做到這個地步？」

這次我沒能立刻回答。並不是在猶豫。答案已經出來了。只不過，至今以來被問過好幾次類似的問題，導致我有點煩惱該如何表達。由比濱僵住身子，側耳傾聽。

因此，我決定盡量不說謊，同時又不跟之前的話矛盾，維持自己的一貫作風回答。

「大概是所謂的……侍奉精神吧。互助之心。幫助他人需要理由嗎？」

我臉不紅氣不喘地說，旁邊的椅子晃了一下，感覺到由比濱的肩膀放鬆下來。

陽乃「啊哈」地吐出短促的氣，仰望天空。

「你這個人太有趣了。」

「既然覺得我有趣，希望妳至少笑一下。」

不曉得陽乃有沒有發現，她的臉上根本沒有笑意，只有語氣裝得輕快。經我這麼一說，她露出笑容，一副現在才意識到的樣子。

「就只會說謊……你不說實話。對吧？」

「什麼實話不實話，我沒什麼好說的。就算有……」

我將講到一半的話吞回口中，說出其他話語。

「也不是對妳說。」

「……也是。」

陽乃瞇起眼睛的一瞬間，彷彿看見什麼耀眼之物，笑容卻並未消失，開玩笑地回應。然而，她的語氣莫名冰冷，接在後面的嘆息聲也不帶情緒。或許是她自己也知道吧。陽乃伸手拿起玻璃杯，喝光早已冷掉的紅酒，用指尖擦拭嘴唇，像要重啟話題般，「嗯」地點一下頭，抬起臉，帶著微笑。

「我會幫你把消息洩漏出去。」

「麻煩了。」

我和由比濱輕輕低頭道謝，陽乃撐著臉頰，開始滑手機。

「但光憑這個，還是有難度吧？」

她突然這麼說，令我一頭霧水，陽乃露出壞心眼的笑容。

「要素雖然湊齊了，他們可不是能用正攻法對付的人。而且，對手是我媽喔。」

「啊……確實……」

想到雪之下姐妹的母親，我跟由比濱面面相覷，不禁苦笑。

假如按照我的計畫，部分家長對假舞會有意見，窗口果然還是那個人吧。這樣一來，我這個學生方的負責人就得與她交手。

老實說，想起前幾天的對話，我覺得在邏輯和魔法少女奈葉（註47）方面都贏不過她。

我皺眉沉吟，陽乃興致缺缺地打了個哈欠，順便補充：

「不過，視交涉方式，可能有轉機喔。因為，那個人大概對舞會本身毫不關心。」

我想不通這句話的意圖，疑惑地歪頭，但陽乃好像不打算繼續說，哼著歌看起飲料單。

「……哎，我會盡量試試看。」

「嗯，加油。」

陽乃不看我一眼，隨口鼓勵。對話到此結束。

差不多是回去的時候了。我用視線問由比濱「要走了嗎」，她點頭回答。

「……那我們告辭了。不好意思，占用妳的時間。」

「謝、謝謝！」

「嗯。再見。」

我們從座位上起身，陽乃只是輕輕揮手。她把飲料單拿到手邊，似乎還要繼續待在這裡。

我們在最後對她一鞠躬，離開咖啡廳。

咖啡廳離車站只有一小段距離。若是平日，正好快到尖峰的回家時間，但今天

註47「邏輯（ロジカル）」與日本動畫《魔法少女奈葉（魔法少女リリカルなのは）》部分音近。

是沒有特殊活動的星期六，所以沒有很多人。

來到站前廣場的公車總站，我盤算著接下來要怎麼辦，望向旁邊的由比濱。

走出店門後，由比濱一直沒說話，似乎在想事情。我有點在意，偷偷觀察她的表情，由比濱浮現無力的笑容。

然後，她突然停下腳步，一副難以啟齒的態度開口。

「……剛才陽乃姐姐說的共依存，是什麼？」

明明帶著苦笑，語氣卻異常嚴肅。我沒辦法敷衍她，坐到附近的長椅上，思考該如何回答。由比濱也將背包抱在胸前，坐到我旁邊。

「很難解釋……妳懂依存的意思吧？」

由比濱點頭，把臉埋進懷中的背包。我回以輕笑，接著說道。盡可能解釋清楚，盡可能省去專門知識和細微末節。

「簡單地說，共依存大概就是，被依存的人也覺得這種關係很好的狀態。藉由被他人需要來找到自我價值，得到滿足與安心……彼此都深陷其中。」

說著，我發現音調越變越低。越想越覺得符合自身的情況，嘴裡冒出苦澀的唾液。

由比濱大概也有頭緒，輕輕咬住下脣。

「那個，不是好事。對不對……」

「……哎，應該稱不上健全。」

——所以，果然是錯誤的吧。

聽見我的呢喃，由比濱的表情蒙上一層陰霾。我看得很心痛，像要擺脫什麼似的，一口氣站起來。

「……那個人說的未必統統正確。只是也可以有這種看法罷了。」

因此，不必放在心上。我笨拙地扯出笑容，表達這個意思。

由比濱露出有點悲傷的微笑點頭，起身。

我們幾乎在同一時間邁出步伐，來到剪票口，由比濱稍微舉起手。

「那，我去搭電車了。」

「好。路上小心。」

「嗯，學校見……晚安。」

由比濱把手放在胸前輕輕揮動，目送我離開。

走了一會兒，我回過頭，由比濱還站在剪票口前，一跟我對上目光，手就揮得更加用力。我輕輕舉手回應，卻覺得難為情，快步離開車站。

我吹著夜風，獨自趕回家。

今天要做的事都做完了，能準備的也都準備完畢。

之後，只需要好好做個了結。

Interlude

看來今晚也喝不醉。熱紅酒雖然能溫暖身體，卻無法滲透到深處的心底。喝了這麼多杯酒，依然亢奮不起來，只覺得噁心。我晃著第五杯酒，思考要不要再點一瓶，將手伸向酒單，最後決定作罷。

四人座特別寬敞。不管我點什麼酒，點多少杯酒，叫誰出來，肯定都無法填滿那塊空白。

無所事事的我打開看到一半的書，卻沒有翻頁，書籤始終停在同一個地方。重看了好幾遍，連故事結局都知道，卻因為一直在追求結尾後的真正結局，直到何時都無法結束。

沒有一絲虛假，唯一的正確結局。只要有人能證明那種東西確實存在，即使我自己得不到也沒關係。

我以空想為下酒菜舉杯，透過彎曲的玻璃注視對面的座位。然而，那裡一個人都沒有，只有看起來性格惡劣的美人，在玻璃中自嘲地笑著。

這時，玻璃上突然映出人影，我愣了一下。仔細一看，是理應已經回去的她。

她氣喘吁吁，八成是跑過來的。

「有東西忘在這邊？」

我將毯子遞過去，請她坐下。她乖乖坐到原本的位子。我撐著頭思考她有什麼事，她將蓋在腿上的毛毯連裙子一同揪住，面色凝重地開口。

「那個……我還是覺得妳說得不對……那個共依存。」

她突然講這種話，我不禁睜大眼睛。妳跑回來就是要跟我說這個？想到這裡，我明白了。原來如此，今天，這孩子是為了從我的手中保護他才來的。若這是基於獨占欲，倒還有幾分可愛，但她這樣比較接近保護欲。

我很想發自內心稱讚她精神可嘉。不過，對方都直接下戰帖了，我也不得不正面回應。我不打算把責任推給遺傳，但我在討厭的部分跟母親還真像。

其實，我不喜歡講這種話。很麻煩，我沒那麼閒，也沒興趣。被喜歡的人討厭，心情也不會好。

然而，放著錯誤不管，會使心情更差。

我明知這樣會害自己不舒服，依然把杯中物一飲而盡。

× × ×

跟血液一樣混濁的深紅液體濺起飛沫。泡沫破裂，在杯中搖晃，有如我的心臟。由於我急忙從車站跑回來，心臟仍撲通撲通地劇烈跳動。

「你們三個的關係……在我眼中就是那樣。」

我沒聽過共依存這個詞，也不知道詳細的意思。因為我不懂太複雜的事，因為我一直假裝不懂。雖然也有真的完全不懂的時候。

可是，那個人的說法非常好理解，我一下就察覺到了。

「我也，是嗎……」

終於平靜下來的心臟，又開始狂跳。明明沒有拜託，明明沒有希望，卻自己加快速度，一下就抵達答案。

那個人揚起嘴角……露出非常悲傷的表情。

「比企谷依存著妳。而妳覺得很高興，想為他做任何事……其實病得最重的部分就在這裡。」

「……不是的，不是那樣。」

嘴唇打顫，無法順利發出聲音。我不停搖頭。不對，不對不對不對，絕對不對。

「那兩個孩子就是那副德行，妳才不得不當最成熟的那一個。」

溫柔的聲音在對我說些什麼，但我已經聽不見了。

「想幫忙做些什麼，是當然的……看他那麼難受，看他那麼努力，會想為他加油，想一直在一起，所以……不是那樣。」

我大概是第一次真的生氣，第一次認真瞪人。體內的空氣擅自洩出，口乾舌燥。我用袖子擦拭臉頰，正面瞪著那個人。

那個人露出像大人一樣的表情，默默看著我，突然閉上眼睛。然後，像在祈禱似的，像在詢問上帝似的，輕聲說道：

「……那可以稱為真物嗎？」

「這種事，我不知道。」

我一直在想，真物是什麼。可是以我的腦袋，果然想不明白，回答的聲音也怎麼樣都大不起來。淚水模糊視線，頭也垂向下方。

「……不過，不是共依存。」

我抬起臉，跟她長得很像的那個人，歪過頭問我為什麼，害我心底抽痛了一下。我揪住胸口，以為已經哭乾的眼淚擅自流出。

我明白的肯定是這個。只有這個。就是因為有它，我才能相信自己的感情。

「因為，明明這麼痛……」

不只胸口。不只心靈。一切，一切都好痛。

——我的一切都哭喊著喜歡，到了痛徹心扉的地步。

8 祈禱著，希望至少別再搞錯了。

冬天何時結束，我自己幾乎沒有明確劃分出界線過。這證明我只是大概掌握冷暖變化。但不可思議的是，我依然會注意到季節更迭。恐怕是因為每個轉折點，都會發生什麼事。

所以對我來說，冬天結束的日子大概就是今天。

昨天我從早到晚都窩在房間，跟材木座聯絡，隨時更新社群網站，逐一檢查官網有無出錯，度過根本沒休息到的假日。

為新的星期揭開序幕的星期一。無人不憎恨的星期一。回報週末發生什麼問題的星期一。

重新來到教室，便感受到期末的氛圍。不知是不是受到畢業季的熱鬧氣氛影響，大家聊天的話題圍繞著未來志願、春假計畫和期末考。在一片談笑聲中，我獨自坐在座位上，靜下心豎起耳朵。

我在等下課鈴聲響起。

我透過雪之下陽乃撒了餌出去。在部分反對派的家長眼中，被迫自律的舞會變得更大，理應是不容忽略的消息。再加上已經有人擔任聯絡窗口，他們的速度會比上次更快，說不定這兩天就會採取行動。

不出所料，我的預測還算準確。

上午的課結束後，教室內的氣氛開始輕鬆時，平塚老師有點著急地來了。她從前門探出頭，和我對上目光，露出疲憊的笑。

「比企谷，等等可不可以過來一下……有人找你。」

她用開玩笑的口吻說，還留在教室的人頓時有些騷動。

我拎起事先整理好的東西，立刻走過去。平塚老師看我的動作這麼快，苦笑著說：

「看來……你知道自己被叫去的原因。」

「可能性太多了，分不清是哪一個。以前一有事，我就會被叫出去。」

「的確。」

平塚老師聳聳肩，臉上的苦笑帶著一絲寂寥。我也假裝苦笑，移開視線。

視線前方是因我和平塚老師的對話感到疑惑的同學。

幾名學生訝異地看著我。總是待在教室後方的那群人，反應卻各不相同。

三浦對此一點興趣都沒有，百無聊賴地在用指尖捲頭髮；海老名看著我，一副「就知道會這樣」的態度點頭；戶部他們在竊竊私語「完了完了，比企鵝闖禍啦」笑得很開心。戶部，你這混帳傢伙……

然而，位在中心的葉山面帶冰冷如雕像的微笑，目不轉睛地看著我。我不知道他在想什麼，也沒興趣，但我從他臉上看見一絲同情。

接著，由比濱看到平塚老師，也意識到發生什麼事，連東西都沒整理好，就抓起手邊的外套，匆匆忙忙地跑過來。

我走出教室，由比濱追在後面，大概是想跟過去。不過，唯有這件事不能依賴她。至今以來，我一直在依賴她。最後一個步驟——接受眾人的批評，我想靠一己之力完成。

「客人指名的只有我一個嗎？」

「沒錯……好啦，我不知道算不算指名。他們叫我找負責人過來。」

「噢，那是我的花名。」

「好花名。指名數肯定會是第一。」

我胡扯一通，平塚老師板起臉，無奈地嘆了口氣。由比濱看著我們交談，神情憂鬱，不安地開口：

「……我覺得，我最好也一起去。」

「沒關係，我沒問題的。」

我輕描淡寫地說，由比濱張開嘴想說些什麼，卻在說出口前輕輕倒抽一口氣，就這樣把話吞回去，然後抿緊雙脣，微微點頭。

那神祕的動作和沉默令我在意，對她投以疑惑的目光。平塚老師拍拍我的肩膀。

「別擔心，我也在。不會演變成奇怪的狀況。」

她試圖讓由比濱放心，由比濱也點頭應聲「好」，回以微笑。

「那，我走了。」

「嗯……有什麼事就聯絡我。」

我抬起手回答「了解」，與平塚老師一同走向前。

我跟在老師後面一步的地方，看著把手插在白衣裡走路的身影，彷彿要將其烙印在眼裡。

「這個情況在你的計畫中嗎？」

在有好幾扇窗戶的走廊上，平塚老師微微轉頭，詢問映在玻璃窗上的我。

「……大致上。」

老實說，並未統統按照我的計畫發展，但最基本的目標完成了。以我來說，算做得不錯吧。我從老師的背後看得出她在苦笑。

「哎，這個手段很符合你的作風。有勝算嗎？」

「沒有也無所謂。反正也沒有其他辦法。」

整排玻璃窗被牆壁取代，我看不見平塚老師的表情。

「……這個回答不錯。我喜歡。」

平塚老師留下這句話，突然不見人影。我明明知道她只是彎進轉角，走下樓梯，卻忍不住加快腳步。我對此有所自覺，不禁苦笑。

總有一天，我會動不動地下意識尋找那抹身影吧。宛如某首歌的歌詞。都是因為想到這種事，害我的腳步變得沉重。我慢慢走下樓梯，跟平塚老師離得越來越遠。我想必會像這樣，迎接與這個人的離別。

彼此都沉默不語，只聽得見腳步聲。

走到樓梯口時，平塚老師側身回頭看我，白衣在空中揚起。

「比企谷，之後有沒有時間？不是今天也沒關係。明天也好，之後也可以。」

被她這麼一問，我想了一下之後的行程。今天八成還得花一堆時間善後，但明天以後真的完全無事可做。

社團活動恐怕也沒了。無論舞會的結果如何，都不會再有了吧。

突然想到這件事，害我慢了半拍回答。腳步聲響起，彷彿要填補這陣沉默。

「……嗯，我基本上都很閒。」

「是嗎？那……」

走在前面的平塚老師跟我一樣，緩緩開口後，停頓片刻。

「……那，去吃拉麵吧！」

她轉頭看著我，長髮搖曳，露出豪爽的笑容。

我苦笑著點頭。

× × ×

不久後，我們抵達接待室。平塚老師敲響房門，回應她的是我也聽過的清澈聲音。果然，來者似乎是雪之下的母親。

平塚老師走進接待室，站在窗邊的人優雅地轉身。點綴著小朵桃花的淡紫色和服襯托出她的美貌，儼然是個會讓人忍不住回頭的美女。

上座已經放著一杯咖啡。雪之下的母親坐到那裡，溫柔地請我坐到對面。我乖乖聽話，平塚老師則坐在旁邊。

「前幾天也見過面呢。」

「嗯……承蒙您的照顧。」

她莞爾一笑，我用僵硬的笑容回應。那抹客套的笑容和陽乃重疊在一起，說實話，我有點不知所措。雪之下的母親不知是否將我的反應視為緊張，把手放到脣邊，露出如同在疼愛小動物的眼神微笑。

「那麼……方便請教您今天有什麼事嗎？」

平塚老師開啟話題，雪之下的母親收起柔和的笑容，拿出手機。

「啊，說得也是。事不宜遲……這是，你想出來的？」

放到矮桌上的手機，螢幕顯示出假舞會官網的畫面。

我做好要在這跟她一決勝負的覺悟，咧嘴一笑。要逼對方讓步時，就得表現出這種無所畏懼的態度。只能給予對方事態可能會失控的危機感，逼她退讓。

「算是部分學生的意見吧。有些人覺得走現在流行的豪華風比較好，這樣才有高中生的風格。」

我諷刺地說出不曉得在哪聽過的話，平塚老師用手肘戳我的側腹。雪之下的母親看見，面帶微笑，用含笑的聲音回應：

「是嗎……」

她用手按著太陽穴，瞇起大眼。這個動作，以及宛如準備狩獵的大型貓科動物的眼神，我有印象。

我有股不好的預感，頭皮發麻，冒出冷汗。這不是在自誇，我對這方面的預感是百發百中。

雪之下的母親忽然揚起嘴角。

「寫一份新企劃當棄子，這個主意並不壞，只是粗糙之處有點明顯。而且，就算有新的選項，不從根本上解決問題的話，還是有難度。這部分你怎麼想？」

她的視線、聲音變得冰冷至極，跟剛才截然不同。我的背脊竄過一陣寒意。最後那句話似乎是針對我的問題，但我的腦袋沒辦法思考答案。

雪之下的母親斷言假舞會企劃案是棄子。她事前從陽乃口中聽說什麼了嗎？

不，從陽乃那一天的態度來看，她不會特地告訴疑似跟她有意見衝突的母親。也就是說，單純是她看穿了我們的想法吧。而且還第一步棋就指出來，給我下馬威。有種被迫面對實力差距的感覺。

我說不出話，茫然看著雪之下的母親。

她從容不迫地將合上的扇子抵在嘴邊，笑容愉悅。這副模樣，甚至讓我覺得她在期待我的下一步棋。

就算她露出這種表情，我也只能苦笑。我事先想好的交涉方式，統統宣告失效。一開始就被說是棄子，之後講再多話都沒意義。再說，葉山和陽乃也一眼就看穿真相。覺得這招對雪之下的母親會管用的瞬間，就已經輸了。

「實際上，校方要求舞會自律，可能引起部分學生的反彈是事實。學生在我們管不到的地方逕自舉辦舞會的風險依然存在。」

看我無言以對，平塚老師立刻介入。

「既然如此，選擇多少管得動的那一方，或許較為明智。學生會也會配合各位的要求修正企劃案。」

她將放在邊桌上的文件，遞給雪之下的母親，也拿了一份給我。翻開來一看，雪之下她們之前說的修正方案反映在其上。雪之下的母親也在閱讀文件，卻沒什麼反應，表情有點不悅。

平塚老師的理由跟我想的一樣。然而，本來要以風險的身分存在的假舞會，已經被看穿是棄子，講這種話實在欠缺真實性，拿來說服人也有種強烈的錯失先機之感。雪之下的母親只是困擾地歪著頭。

「是呀……說服用的要素是齊全，但能否得到諒解就難說了……畢竟，也有脾氣較為頑固的家長。」

她苦笑著說。儘管表達方式不同，我好像在哪裡聽過這句話。

「就算這樣跟其他家長說，也沒辦法改變他們的意見吧。」

我無視她接下來說的話，默默閉上眼睛，搜索記憶。記得是雪之下陽乃說的。她說，那個人對舞會本身毫不關心。

這樣的話，雪之下的母親是為何，基於什麼目的而來？

很簡單。因為有問題要處理。

雪之下的母親是以解決問題的手段，以道具的身分存在於此。存在意義除了解決問題和爭執外再無其他，她的想法與行動無關。具有先避免造成問題，引起騷動的習性，以此為原則行動。

正因如此，我們才想引她選擇溫和穩健的一方，寫出假舞會的企劃。這個方針本身肯定沒錯。

錯誤的在於界線劃分。手段就是手段，道具就是道具，本身沒有敵我方的概念。

這次，雪之下的母親僅僅是傳訊人，按照對方的意思辦事的交涉人。

這場比賽的對手並非雪之下的母親。她只是棋盤上的棋子，最強的皇后。

既然如此，我也還有路可走。

恐怕全世界只有我一個人能使用，即使只用這麼一次都不被允許的，最差勁最惡劣的手段。

然而，假如手牌只有這一張，我也只能如此決勝負。

「……可以請您幫忙說服『他們』嗎？」

雪之下的母親微微歪頭，可能是為我的發言感到意外。與年齡不符的可愛動作，導致我忍不住笑出來。聽見意想不到的話時，她們的反應真的很像。

「能夠說服他們的要素是足夠的吧？那麼，看是由誰去說而定，是否能改變結果？」

重要的不是「說什麼」，而是「由誰去說」。這句話早就用到爛了，但事實就是如此。如果由雪之下的母親出面，而不是我，想必連所謂頑固的部分家長都能說服。他們也是因為知道雪之下的母親比自己更厲害，才會請她幫忙。

到頭來，這盤棋的本質就是爭奪皇后。

「……事實上，像我這種無名小輩去講，一點說服力都沒有。」

我乾笑著，用無奈的語氣，對素未謀面的黑色國王喊出將軍。

「沒有這回事。在這麼短的時間內，你做得很好了。甚至會讓我好奇是誰做的。」

雪之下的母親彷彿誠心對我感到佩服，微笑著說，然後歪過頭。

「……不好意思，還沒請教你的名字呢？」

她愧疚地垂下眉梢。

平塚老師馬上按住我的袖口，試圖阻止我。她應該很明白，在這個場合報出名字，會帶來某種意義吧。

然而，從對方口中釣出這句話的瞬間，我身為棋手的任務就結束了。接下來，我只須履行棋子的職責。

這顆棋子平常完全無處可用，甚至是沒有容身之處的廢物飯桶。

不過，在特定情況下，它連皇后都能吃掉。

「比企谷八幡。」

聽見我的自我介紹，平塚老師死心地輕聲嘆息，放開我的袖口。

「比企谷……」

雪之下的母親把手放到嘴邊，喃喃自語，視線在下方游移。過沒多久，她突然抬頭，似乎想起來了。

「啊……你就是……」

我回以客套的微笑。儘管無法做得跟葉山和陽乃一樣好，我已經盡了最大的努力。拜其所賜，眼角餘光瞥見平塚老師一臉錯愕。

之後才是重點。報上了名字，我的發言及態度就不能有任何瑕疵。太過咄咄逼人，太過傲慢，或者反之太過卑微，可能會被視為在威脅她。

一旦她這麼認定，這次真的會變成我的過失，給對方可乘之機。因此必須展現誠意，告訴她我沒有那個意思。

「那次給您添了諸多麻煩。事情都是雙親幫忙處理的，所以沒能跟您打聲招呼，非常不好意思。」

我盡量維持平淡的語氣，頭也不能太低或不夠低。提醒自己當一顆只會做好該做的事的棋子。不夾帶多餘的感情。

這是一種外交禮儀。演得誇張點剛剛好。

或許是我的姿態順利傳達出意圖，對方也以同樣的態度回應。

「我才要道歉，不好意思，我家的人給你造成困擾。之後你的腳還好嗎？應該有許多不便之處吧。真的很對不起。」

雪之下的母親深深低頭，我刻意表現得很有精神。

「託您的福，徹底痊癒了。甚至比之前更強壯呢。可以在舞會上看到我跳舞喔。」

我當場用雙腿隨便表演一段舞給她看，鞋子踩出噠噠噠的聲音。雪之下的母親以手掩嘴，「哎呀」一聲，咯咯笑著。

「沒禮貌。」

平塚老師拍一下我的腿，我才停止笑鬧。自己當小丑的模樣令我感到厭惡，拚命將差點脫口而出的深深嘆息克制住。

雪之下的母親依然帶著笑容，瞇起眼睛，低聲說道：

「……好膽量。」

在她冰冷的目光打量下，我有種一被盯上、身體就開始凍結的感覺。彷彿能看穿一切的雙眼，甚至令我反胃。

可是，她的眼神突然放鬆下來。雪之下的母親打開扇子，遮住嘴角，輕輕對我露出笑容。這抹笑容天真爛漫到讓我產生這才是她的本性的錯覺。

「挺能幹的嘛。」

「不敢當。」

我假裝撥起瀏海，擦掉額頭的汗水，試圖將沉著冷靜的形象維持到最後。白襯衫因為冷汗的關係黏在身上，喉嚨乾到不行，光呼吸都覺得痛。

在旁人眼中，這段對話只是在自我介紹，提及過去發生的事。名字、對話內容本身，都沒有意義。

因此，由聽者自己賦予意義即可。

雪之下的母親笑了一會兒，「喀」一聲合上扇子，收起笑容。

「這個嘛……家長那邊，就由我去談吧。可以的話，希望老師也陪同。」

「只要您列出日期，我可以調整行程。」

我呆呆聽著兩位大人談論公事，疲勞感瞬間湧上。可能是緊繃的神經突然斷裂，我下意識地仰望天花板，大嘆一口氣，在旁邊發愣。

「比企谷，能麻煩你一件事嗎？」

「是，是。」

突然被叫到，我急忙挺直背脊。她們好像在我恍神的期間談了許多。平塚老師整理好文件，準備離開。我偷瞄對面，雪之下的母親也已經準備回去。

「我之後要出去一趟。可不可以幫忙跟雪之下說，舞會按照修正案籌辦？要怎麼講交給你決定。」

「喔……好，知道了……」

我在不明就裡的情況下回答，平塚老師「嗯」地點頭，用眼神催促我動作快。好吧，確實該快點。離舞會舉辦的時間所剩無幾，必須盡速傳達決定事項。

我從座位上起身，坐在對面的雪之下的母親朝我微笑。

「比企谷同學，下次見。」

「哈哈哈……那我失陪了。」

我乾笑著打馬虎眼，沒有答應也沒有拒絕，點頭致意，離開接待室。

可以的話，真不想再見到她……

×　×　×

我靜靜地獨自走在黃昏的校舍內。不久後，抵達學生會辦公室。

我敲敲門，在等待回應的短暫時間內，吐出一大口氣。

不久後，門無聲無息地開啟，連腳步聲都沒聽見。裡面的暖氣開得很強，從狹窄的門縫間漏出來。

握著門把的是綁雙麻花辮的眼鏡少女，印象中她是書記。書記妹妹似乎認識我，有點提心吊膽地說「請進……」放我進去。

我輕輕點頭，說了句謝謝。一進到室內，立刻看到副會長坐在桌前，念著「時間不夠……時間不夠啊……」哭著工作。很好很好，多吃點苦吧。

我掃了一眼室內，雪之下不在。一色坐在裡面的桌前，邊吃點心邊呆呆看著我，歪過頭。

「……我沒找你來耶。」

沒人找就不能來喔？好吧，的確不能。正當我打算開口說明來意時，一色拍了一下手。

「啊，是來幫忙的嗎？想當奴隸，還是免費的勞力？」

哪來的超進化理論？妳的邏輯也跳太大了吧。伊呂波還是老樣子，害我有點無力，垂下肩膀。

「期待明年吧。之後介紹前途無量的新人給妳。對了，雪之下呢？」

我隨口反擊她一如既往的胡言亂語，接著詢問。一色納悶地歪頭，看了眼大概是雪之下在使用的簡樸桌子。

「噢，對喔，她不在耶。」

一色發出沉吟，似乎現在才注意到。看她的反應，雪之下應該沒出去多久。她又因為暖氣太強，逃走了嗎？不管怎樣，雪之下不在的話，我留在這邊也沒意義。

「那就算了。再見。」

「啊，等等，什麼意思！你應該有什麼事吧！」

一色叫住轉身就走的我。經她這麼一說，我突然想到。雖然平塚老師沒拜託我，最好也跟一色說一聲。我停下腳步，回過頭。

「啊——對了。舞會決定照妳們的方案辦。確定辦得成囉。加油啊。」

「喔……你說什麼？」

她張大嘴巴，上半身跟頭部一起歪向旁邊。要是她問我詳細情況，解釋起來很麻煩。趁一色腦袋轉過來之前開溜吧。

×　×　×

雖然沒決定要去哪裡，我的腳步卻毫不躊躇，自然往某個方向走去。我想，她一定在那裡。

特別大樓的走廊上空無一人。這條通往社辦的路，來來回回已經走了將近一年。現在的我八成閉著眼睛都走得到。

過沒多久，那扇門出現在前方。我站在門前，像要沿著它描繪似的，手指勾上門把。材質明明跟其他教室一樣，我卻忘不掉這冰冷堅硬的觸感。

我用力一拉，門發出「喀」的聲音，往旁邊滑開。
映入眼簾的是平凡無奇，極為普通的教室。
但是，這個地方之所以顯得異常，想必是因為一名少女身在其中。
斜陽下，雪之下雪乃任憑風吹拂在身上，站在窗邊凝視窗外。
窗子完全敞開，窗簾在風中翻飛，如同在為好一陣子沒人使用的教室通風。
這幅光景宛如一幅畫，足以產生世界終結後，她也一定會繼續待在此處的錯覺。
看見這一幕，我的身體和精神都為之停止。
——我不禁看呆了。
雪之下發現有人來，按著飄逸的長髮回頭。她瞬間驚訝地睜大眼睛，不過很快就露出微笑。
「午安。」
「……喔。」
我回答後，雪之下便關上窗戶，窗簾也輕輕落下，聲音自社辦中消失。火紅的夕陽灑滿靜謐的空間。眩目的陽光刺得我瞇起眼睛，對面的雪之下背對著玻璃窗，撥開肩上的亮麗黑髮。
「來這裡有什麼事嗎？」
「沒什麼，有件工作上的事要通知妳。」
「是嗎？對不起，還麻煩你特地來找我。讓你多跑一趟了。」

「別在意，也沒多麻煩。」

我拉開離門口最近的椅子，坐到老地方，用手勢要雪之下也坐下。雪之下好像有點困惑，我默默等待她。最後，她死心地嘆了口氣，坐到最靠近窗邊的座位。

「是關於舞會的事。妳們的修正案順利通過了。會想辦法說服那些反對的家長，讓他們接受的樣子。」

照理說，雪之下現在才知道這個消息，她卻毫不驚訝，眉毛動都沒動，只是靜靜傾聽。我雖然覺得疑惑，仍在最後補充：

「所以……是我輸了。」

「嗯……是你贏了。」

「……為什麼啦。」

不久後，她深深嘆息，輕聲說道。

「我又被你的做法拉了一把，變成現在的情況。實質上，不就是你的勝利？」

她自嘲的笑容令我覺得不太對勁，說出悶在心裡的疑惑。

「……就算這樣，妳也有預料到吧？妳不是連我的手段都隱約察覺到了？這樣的話，還是算妳贏。」

葉山隼人與雪之下陽乃，都在得知假舞會計畫的瞬間，看穿我的想法。至於雪之下的母親，我差點被她藉此將死。既然如此，理應擁有同等智慧的雪之下看穿我的小伎倆，也沒什麼好奇怪的。

說起來，雪之下和一色提出意見的方式，已經有點類似錯誤前提暗示。在兩個選項中推翻不適合的那一個，藉此找出正解——這個方法反而成了我整理思緒時的線索。我的靈感泉源來自於此，表示她也有能力想到同樣的答案。

聽見我的疑問，雪之下垂下目光搖頭。

「那也並非確實的手段。因為只要『舞會遭到反對』這個最初的前提依舊存在，那個推論方式就不成立……不過，我覺得如果是你，總會有辦法解決。」

她沒有否定自己有預料到，只能說不愧是雪之下。然而，她最後的笑容蒙上一層陰霾。我想否定掉它，揚起一邊的嘴角試著搞笑。

「好沉重的信賴……嚇死我囉。」

「我也很驚訝。自然而然就這麼認為了。」

雪之下對胡說八道的我露出靦腆的苦笑。這個反應隱約透出與年齡相符的女孩子氣，導致我差點喘不過氣。在我煩惱該如何回應時，雪之下用纖細微弱的聲音說：

「我就是依存你到這個地步……才會有這種想法。」

那雙凝視我的眼睛，浮現後悔與悲痛。我無法忍受被那樣的目光注視，而移開視線，快速地說：

「……就算那樣，也不會影響妳的勝利。勝利條件是雙方用各自的做法讓舞會成功，對吧？最後被採用的是妳的方案，是妳的做法。」

「……可以，算我贏嗎？」

她的聲音細若蚊鳴，我想結束這個話題，點了兩、三下頭，仍然沒有正眼看她。

「那麼……比賽到此結束。可以請你聽我的要求嗎？」

這句話我沒辦法無視。我立刻望向雪之下，她握緊雙拳，嘴脣抿成一線，彷彿拋棄先前的柔弱。等待我回答的眼神，蘊含迫切的決心。

「……不，還沒結束吧。這次確實是妳贏，但不代表整體的勝負。還要看比數總和。」

「要說勝利條件的話，贏了這場比賽就算我贏，可以命令你做一件事……我記得當初是這麼說的。」

看到她冷靜地說明，如此斷言，我發現嘴脣越來越乾。腦海深處浮現聽過這句話的記憶。焦急的我逼不得已，好不容易張開嘴巴。

「……那是表達方式的問題，不如說是我們見解不同。」

雪之下吐出顫抖著的吐息，如同在訴說情話，用像在懇求的甜美聲音輕聲說道：

「那……由你，決定吧。」

看見那純潔無垢、如夢似幻的微笑，我意識到自己輸了。我會怎麼回答，她應該很清楚。

既然我決定保障雪之下雪乃的獨立性，尊重她自己的決定，就不可能讓她把決定權交給其他人。就算那個人是我也一樣。

正因如此，她才接受這場比賽。只為了此刻的這段問答，刻意將所有分歧齟齬誤會置之不理，視而不見。

為了讓這場比賽，這段關係——好好做個了結。

「我怎麼決定得了……這不該由我和妳擅自決定。由比濱也有參與這場比賽。而且，勝負基準是平塚老師的主觀和偏見。再說……」

然而，我不能承認那種結束方式。我一口氣講出一連串話，想著不能就這樣結束，希望她能等我一下，明明連怎麼阻止都不知道，卻將手伸向空中，連呼吸都忘了。

「……我就直說了。」

可是，我的聲音一中斷，雪之下就露出寂寞的微笑，用泛著淚光的雙眼望向我。

「我過得很愉快。這還是第一次。覺得跟別人一起度過的時間是自在舒適的，我很高興……」

她帶著泫然欲泣的表情，看起來真的很幸福。我再也無法否定，制止她。我無力地放下手，雪之下道謝似地點一下頭，接著說：

「我從來沒有像這樣跟別人爭執，吵架……在別人面前哭過。兩個人一起出去的時候，也非常緊張。一堆事都不懂，從來沒有體驗過……連可以依賴別人都不知道。所以，才會在哪裡搞錯了……」

我抬頭看著天花板，傾聽她用顫抖的聲音自言自語。遠方的夕陽刺痛雙眼，即使如此，我依然無法閉上眼，只是憂鬱地吐出一口氣。

「這種像贗品的關係是錯誤的。和你追求的事物肯定不一樣。」

獨白如此作結，我知道她畫下了句點，終於低頭看她的臉。

「我沒問題的。已經……沒問題了。被你拯救了。」

雪之下用指尖拭去發光的水珠，臉上浮現美麗的笑容。

「所以，這場比賽，這段關係……也到此結束吧。」

若這就是她的答案，我沒有道理反對。

拯救她的目標已經達成，共依存因為這段關係結束而解除，男人的堅持也貫徹到底了。侍奉精神什麼的，打從一開始就不存在。社團活動和工作都到此告一段落。因此，已經什麼都不剩下。我跟她有所關係的理由，全都不復存在。

「知道了……是我輸了。」

我深深嘆息，彷彿要將一切統統吐出，想盡到最後的責任，開口詢問：

「我會聽妳的要求。妳要我做什麼？只要在我的能力範圍內，任何事我都會為妳做到。」

我誠心起誓，無論她的願望為何，都要幫她實現。

雪之下鬆了口氣，愛憐地說出想必一直珍藏在心中的話語。

「請你實現由比濱同學的願望。」

「那就是妳的願望嗎？」

「嗯，這就是我的願望。」

她閉上眼睛，點點頭，宛如在陪伴誰度過臨終之時。我盡量露出柔和的笑容回答。

「……我明白了。」

結束最後的交談，我站起身。雪之下沒有移動，我們之間的距離隨著腳步聲越拉越遠，最後來到走廊上。

我像要溫柔地將其擁入懷中般，輕輕關上門。

Interlude

我牢牢鎖住緊閉的門，好讓它不會再次開啟。

最後再一次。

撫摸那扇門，將觸感銘刻在肌膚上。

越是冰冷。

越是疼痛。

就越能相信自己選擇的答案是真物。

不明白還有什麼方法可以確認，所以到頭來，依然不知道正確答案。無論過了多久，尋找不同處的遊戲都不會結束。

對唯一的真物憧憬到渴望的地步，因此才複雜到令人心焦，連眼淚都流不出來，只能任憑全身受到灼燒。

燃燒殆盡，最後留下的是扭曲到無藥可救的贗品。

即使如此，對我而言，依舊是最珍貴的，無可取代的偽物。

至少將它慎重地收藏，讓它不會損壞。這樣，一切就都結束了。

——希望這會是正確的結局。

我祈禱著，將手從門上移開。

踏出一步，踏出兩步，前往就算伸出手，也已經無法觸及它的地方。

再也不會回頭。

浮文字

果然我的青春戀愛喜劇搞錯了（13）

（原名：やはり俺の青春ラブコメはまちがっている。13）

作者／渡航
封面插畫／ponkan⑧
譯者／Ｒｕｎｏｋａ
執行長／陳君平
榮譽發行人／黃鎮隆
內文審校／森戶森麻
協　理／洪琇菁
國際版權／黃令歡、梁名儀
執行編輯／呂尚燁
美術編輯／李政儀
企劃宣傳／陳品萱
出版／城邦文化事業股份有限公司　尖端出版
台北市中山區民生東路二段一四一號十樓
電話：（〇二）二五〇〇七六〇〇　傳真：（〇二）二五〇〇二六八三
E-mail：7novels@mail2.spp.com.tw
發行／英屬蓋曼群島商家庭傳媒股份有限公司城邦分公司　尖端出版
台北市中山區民生東路二段一四一號十樓
電話：（〇二）二五〇〇—七六〇〇（代表號）
傳真：（〇二）二五〇〇—一九七九
中彰投以北經銷（含宜花東）／楨彥有限公司
電話：（〇二）八九一九—三三六九
傳真：（〇二）八九一四—五五二四
雲嘉經銷／智豐圖書股份有限公司　嘉義公司
電話：（〇五）二三三—三八五二
傳真：（〇五）二三三—三八六三
南部經銷／智豐圖書股份有限公司　高雄公司
電話：（〇七）三七三—〇〇七九
傳真：（〇七）三七三—〇〇八七
一代匯集／香港九龍旺角塘尾道六十四號龍駒企業大廈十樓B＆D室
電話：（八五二）二七八三—八一〇二
傳真：（八五二）二七八二—一五二九
馬新經銷／城邦（馬新）出版集團　Cite(M)Sdn.Bhd.
E-mail：Cite@cite.com.my
法律顧問／王子文律師　元禾法律事務所
台北市羅斯福路三段三十七號十五樓
二〇一九年四月一版一刷
二〇二三年七月一版七刷

YAHARI ORE NO SEISHUN LOVE COME WA MACHIGATTEIRU. 13
by Wataru WATARI

Illustrations by ponkan⑧

Original Japanese edition published by SHOGAKUKAN.
Traditional Chinese translation rights arranged with SHOGAKUKAN
through The Kashima Agency.

■中文版■

郵購注意事項：
1. 填妥劃撥單資料：帳號：50003021戶名：英屬蓋曼群島商家庭傳媒(股)公司城邦分公司。2. 通信欄內註明訂購書名與冊數。3. 劃撥金額低於500元，請加附掛號郵資50元。如劃撥日起 10～14日，仍未收到書時，請洽劃撥組。劃撥專線TEL：(03) 312-4212 ・ FAX：(03) 322-4621。E-mail：marketing@spp.com.tw

國家圖書館出版品預行編目資料

果然我的青春戀愛喜劇搞錯了13 / 渡航 著 ;
Runoka 譯. --1版. --臺北市：尖端出版, 2019.04
面 ; 公分. --(浮文字)
譯自：やはり俺の青春ラブコメはまちがっている。
ISBN 978-957-10-8516-6(第13冊：平裝)

861.57　　108001198